CW01584063

Les allées

Connectez-vous sur **www.lamartiniere.fr**

© 2006 – Aubanel, une marque des éditions Minerva, Genève (Suisse)
ISBN : 2-7006-0409-1

Les allées

Pierre Nessmann
Brigitte & Philippe Perdereau

Aubanel

Sommaire

Introduction

Dans nos jardins, les allées se déroulent inlassablement. Indispensables pour accéder à la maison ou au garage, pour relier le potager ou la terrasse au reste du jardin, elles délimitent – souvent tristement – les massifs et fractionnent avec détermination la pelouse. Impossible d'imaginer une entrée ou une terrasse sans accès. Aussi, avant de tracer les cheminements qui relient les différentes parties du jardin faut-il préciser leurs fonctions, définir leur utilisation et choisir leur revêtement. Les allées principales, reliant la rue à la maison ou au garage, doivent être élégantes, commodes et utilisables en toute sécurité. On délaisse souvent ces passages officiels au profit d'un réseau secondaire de petits chemins cachés et charmants, propices à la flânerie et à la découverte des secrets du jardin.

Les allées minérales, le confort en marche. Les dimensions et le revêtement des aires de circulation varient en fonction du caractère du jardin mais aussi du style choisi pour son aménagement. À la Renaissance, puis plus tard dans les jardins de style classique, les allées composent la trame majeure du jardin et occupent de vastes étendues. Impossible donc de les recouvrir en totalité de pavés ou de dalles, tant la surface est importante. On réserve alors l'emploi de tels matériaux aux seuls espaces situés à proximité des bâtiments ou à la construction des ouvrages d'art. Les perrons, les paliers et les escaliers sont réalisés en pierre naturelle, mais les allées, les places et les terrasses restent revêtues de sable ou de gravillons. Seuls les caniveaux font exception en se parant de pavés ou de dalles, car ils doivent être imperméables et résister aux ruissellements lors des orages.

Recouvertes de sable ou de gravillons, les allées présentent des surfaces aux tonalités claires et neutres, destinées à mettre en valeur les parterres de fleurs, les banquettes de pelouse et les broderies de buis. Mais elles sont peu confortables à utiliser, manquent de stabilité et génèrent d'importantes quantités de poussière par temps chaud et sec. C'est pour limiter ces inconvénients que les paysagistes du XIXe siècle, ont réduit leurs dimensions et les parent de pavés, de briques et de dalles de toutes sortes. Les aires de circulation deviennent alors des terrains propices à l'expression artistique d'architectes, de maçons ou de carreleurs qui y dévoilent leurs talents et leur art. Pavage en queue de paon, calepinage de briques et appareillage de dalles : les motifs et les assemblages sont nombreux et très variés. Alliant confort et facilité d'entretien, ces matériaux, auxquels s'ajoutent aujourd'hui des matières innovantes comme la pierre moulée ou reconstituée, paradent plus que jamais dans nos jardins contemporains. ■

Les allées végétales, avancer à pas feutré. Les allées nappées de verdure offrent depuis toujours la possibilité d'échapper aux allées minérales. Plus discrètes et s'intégrant mieux dans le jardin comme dans le paysage, elles sont essentiellement tapissées de graminées et plus exceptionnellement de mousses ou de plantes vivaces. Ces tapis verts, pelouses en tête, bien que praticables uniquement par temps sec et chaud, occupent une surface importante dans les jardins contemporains. Faciles à mettre en place, peu exigeants et modulables à souhait, ils offrent de vastes étendues soyeuses et denses particulièrement agréables à fouler. Nos pas ne crissent plus et nous nous immergeons de façon silencieuse et discrète dans le jardin sans en déranger les occupants. Au-delà de cet aspect pratique, créer ou conserver des surfaces engazonnées joue un rôle écologique. En effet, les allées enherbées assurent des liaisons naturelles entre les massifs et permettent aux insectes et aux organismes vivant dans la terre de circuler aisément dans tout le jardin. En outre, à l'inverse de la pierre, la pelouse est un revêtement perméable qui autorise les échanges d'air entre le sol et l'atmosphère. Elle permet à l'eau de pluie ou d'arrosage de s'infiltrer dans la terre pour reconstituer les réserves indispensables à la croissance des végétaux. Certes, une surface engazonnée demande davantage d'entretien qu'une allée minérale : les tontes, la découpe des bordures ou le ramassage des feuilles mortes en automne, entre autres, sont des interventions indispensables pour qui souhaite obtenir un beau résultat. Aussi, aujourd'hui, les pelouses régulièrement entretenues, gourmandes en eau et en engrais, cèdent progressivement la place aux cheminements enherbés d'aspect plus naturel et campagnard. Les tontes s'espacent ou se limitent à quelques passages très localisés indispensables pour se rendre, dans de bonnes conditions, à certains endroits du jardin. Dans les parties les plus ombragées, la mousse reprend ses droits pour dresser des layons douillets et semblables à ceux rencontrés en forêt, tandis que les dalles, disposées à la manière des pas japonais, améliorent le confort des sentiers, préservent la faune et enveloppent le passage d'une atmosphère orientale. ■

Les tracés sinueux prennent le pas. Le caractère des allées s'accorde toujours avec le style du jardin. Toutefois, on constate actuellement une nette prépondérance pour les aménagements aux allures naturelles et sauvages. Un style qui écarte, d'emblée, les tracés rectilignes pour privilégier les cheminements sinueux. Ces tracés ondulants sont établis lors de la conception du jardin et s'inspirent des sentiers observés dans la nature. Mais ils peuvent également s'esquisser d'après le dessin des allées sillonnant les jardins romantiques du XVIIIe siècle. Ces ondulations pourront, par la suite, s'amplifier grâce au développement des plantes qui déborderont sur le passage. Dans le cas d'un jardin possédant déjà un réseau d'allées au tracé géométrique, il est possible d'en atténuer la rigueur en installant le long des chemins des plantes et des arbustes couvre-sol. Leurs rameaux, s'étalant à leur guise, effaceront progressivement le contour formel des allées.
Outre leur tracé ondulant, les allées se parent aujourd'hui de matériaux aux aspects plus naturels et simples. Parmi eux, la pierre, sous la forme de dalles et de pavés, neufs ou récupérés, occupe toujours le devant de la scène. L'assortiment s'enrichit désormais de matériaux composites associant des agrégats rocheux, du sable et du ciment, qui, après moulage, produisent des dalles ou des pavés ressemblant à s'y méprendre aux éléments traditionnels. Les nombreuses essences de bois, dont certaines sont traitées pour mieux résister aux agressions du temps, offrent également de belles patines et des parements chaleureux qui se marient bien aux végétaux. Enfin, les revêtements souples et perméables comme le sable, les gravillons ou le gravier retrouvent une place de choix au jardin. Mis à l'écart quelque temps, les voici associés à des matériaux comme le bois ou la pierre nécessaires pour éviter leur éparpillement ou offrir des surfaces planes plus confortables à fouler. Ils sont faciles à mettre en place, peu coûteux, et leurs effets naturels se trouvent en parfait accord avec les grandes tendances d'aménagement contemporaines ainsi qu'avec l'émergence de matériaux novateurs issus du recyclage, comme les pétales d'ardoise ou la brique pilée. ■

Les allées dans les jardins

La réalisation des cheminements dans un jardin réunit de nombreux paramètres. Parmi eux, le choix des matériaux et leur mode de pose comptent pour beaucoup mais ils ne doivent pas pour autant évincer quelques principes essentiels d'aménagement. Qu'il s'agisse d'un sentier invitant à la promenade dans le jardin ou de l'allée principale reliant la rue à l'habitation, voici quelques données à respecter – de la dimension d'une allée au choix de son tracé – pour créer un parcours sans faute.

Les fonctions

Atteindre son objectif en toute sécurité. Les allées assurent la liaison entre la rue et l'habitation puis entre l'habitation et les différentes parties du jardin. Les premières doivent être fonctionnelles, utilisables en toute sécurité et dessinées avec cohérence. Les secondes peuvent suivre un tracé plus fantaisiste qui n'enlève rien à la nécessité de pouvoir les parcourir en toute tranquillité. Certaines circulations sont réservées exclusivement aux piétons ou aux véhicules alors que d'autres servent aux uns et aux autres. Pour accéder rapidement et facilement, à pied comme en voiture, à proximité de la maison ou du garage depuis la rue, tracez des allées simples et directes. Veillez à ce que le parcours soit clair, notamment pour les visiteurs ne connaissant pas les lieux, en vous assurant, par exemple, que la porte d'entrée de la maison est bien visible et peut être perçue comme l'objectif à atteindre. Optez pour un tracé épousant le profil du terrain et ne présentant pas d'obstacles tels que des marches d'escalier ou des virages trop serrés : ils risquent d'entraver l'accès aux personnes à mobilité réduite, aux enfants en bas âge, ou l'acheminement d'objets encombrants ou munis de roulettes. Si le terrain présente d'importantes variations de niveau, créez des rampes dont la pente ne dépassera pas 6 à 8 % d'inclinaison, soit 6 à 8 centimètres de dénivelé par mètre linéaire. Utilisez des matériaux antidérapants et recouvrez les matières glissantes comme le bois ou certaines pierres lisses de bandes rugueuses ou de grillage galvanisé à mailles fines. Pour davantage de sécurité, équipez les endroits escarpés d'une main courante. Enfin, balisez le parcours de bornes lumineuses ou de projecteurs à piquer munis d'un détecteur de présence permettant une utilisation nocturne. Les techniques d'éclairage adaptées au jardin de particulier sont performantes, économiques et faciles à installer. Préférez les lampes pourvues d'ampoules halogènes dichroïques (20 à 60 watts) ou à diode électro luminescente (3 watts), particulièrement économiques à l'usage. Prévoyez leur installation avant la réalisation des allées pour dissimuler les câbles et éclairer vos pas en toute discrétion. ■

Les dimensions

À chacun sa voie. Les voies déclinent différentes largeurs, en fonction de leur utilisation, qu'il est nécessaire de respecter. Les allées carrossables ne doivent pas être inférieures à 2,20 mètres, voire même 3 mètres de large, pour éviter, notamment, que les branches des végétaux bordant la voie n'endommagent la carrosserie. Cette largeur permet également d'ouvrir les portières et de sortir du véhicule sans marcher dans les massifs ou sur la pelouse. Cette disposition n'est pas toujours envisageable, par manque de place. Aussi, dans certains cas, il faut se contraindre à réaliser deux bandes de roulement minérales qui libèrent un espace central que l'on pourra planter ou enherber. D'une largeur de 50 centimètres, les bandes seront distantes de 1,40 à 1,50 mètre. Le tracé d'une telle voie impose de ne pas trop s'écarter de la ligne droite et de ne pas entreprendre des virages trop serrés. Pour les voies piétonnes, prévoyez une largeur minimale de 1,10 à 1,20 mètre afin de permettre à deux personnes de marcher de front. Il est ainsi possible de circuler aisément, sur les allées qui relient la rue à la maison, avec des bagages sans accrocher la végétation environnante. Ailleurs, dans le jardin, les cheminements de plus de 1,20 mètre de large facilitent le passage d'une brouette chargée de déchets, de la tondeuse ou des équipements encombrants utiles à l'entretien du jardin.

Les voies carrossables comme les voies piétonnes occupent souvent de grandes superficies et recueillent d'importantes quantités d'eau. Lorsqu'elles se trouvent à proximité d'une habitation et possèdent une pente de plus de 5 %, soit 5 centimètres par mètre linéaire, il faut les équiper de caniveaux et de collecteurs qui évacuent les eaux de ruissellement. Enfin, les sentiers ou layons constituent les plus petits cheminements et n'excèdent pas 50 à 60 centimètres de large. Ils sillonnent les parties les plus reculées du jardin et sont plus rarement utilisés. Revêtus de matière sobre, ces cheminements souvent secrets possèdent des abords incertains et se perdent parmi les massifs de fleurs, la rocaille ou un sous-bois. Certains sont définitifs, d'autres ne durent que le temps d'une saison, tels les passages installés dans le potager ou au cœur d'un massif de fleurs d'été, qui s'agrémentent d'un simple tapis de paille ou de copeaux de bois. ■

Le choix du tracé

Entre passages obligés et passages suggérés. Pour circuler dans un jardin, l'usager a le choix entre plusieurs réseaux : les passages incontournables et les passages suggérés. Les premiers regroupent les allées qui mènent à la maison depuis la rue et celles qui relient l'habitation au reste du jardin. Leur tracé doit être simple, logique et engageant. Prétextez, comme point de départ du parcours, la présence d'une porte d'entrée ou d'une porte-fenêtre. Ainsi, depuis l'intérieur, la perspective produite sur l'allée ou le sentier invite à s'y promener et crée un effet de profondeur. Optez pour un tracé sinueux lorsque le jardin est de style romantique et sauvage. Si le terrain est plat, justifiez toujours les courbes et les virages par des éléments à contourner comme un arbre, un buisson ou un massif de fleurs. Les ornements décoratifs sont également d'excellents motifs pour légitimer un virage. En revanche, si le sol est en pente ou fortement accidenté, vous serez obligé d'adopter un tracé sinueux en établissant une allée à flanc de coteau possédant une pente régulière. Les tracés rectilignes sont plus adaptés aux jardins de style classique ou moderne : le dessin des allées, qui relient de manière directe et sans détour les différents points du jardin, répond aux lignes directrices dictées par l'architecture des bâtiments.

Les passages suggérés aiguisent notre curiosité et sont autant d'invitations à découvrir d'autres points de vue. Discrets et souvent cachés, ils apparaissent au détour d'une allée principale, d'une haie ou d'un bosquet d'arbustes : ils ne révèlent pas, d'un premier coup d'œil, l'endroit où ils conduisent ni ce que l'on va y trouver. Il faut s'y engager, découvrir leur tracé qui, en restant sinueux, incite le visiteur à s'immerger davantage dans le jardin. À l'inverse, le dégagement produit par un tracé rectiligne dévoile immédiatement le but à atteindre et donne au promeneur le choix de poursuivre ou non dans cette direction. ■

La réalisation

Une assise stable pour un bon départ. Une allée se doit d'être praticable par tous les temps. Le choix du revêtement est donc important et se partage entre les parements perméables et les matériaux imperméables. Les premiers comprennent le sable et les gravillons, mais aussi les dalles et les pavés non jointoyés ou les platelages en bois posés sur plots. Les seconds rassemblent toutes les matières minérales dont les joints sont réalisés en mortier et les platelages en bois installés sur une chape en béton, auxquels s'ajoutent les revêtements bitumineux et les dalles en béton. Ils forment de vastes surfaces étanches pour lesquelles il est judicieux de prévoir un système de collecte et d'évacuation des eaux pluviales.

Une allée se doit aussi d'être stable et, plus encore que les matériaux qui la recouvrent, c'est son fondement qui détermine sa solidité. La stabilisation d'un sol consiste à améliorer sa composition en ajoutant des matériaux – sable et graviers de différentes granulométries – qui le rendront moins, voire peu sensible à l'action de l'eau, notamment pendant les périodes pluvieuses. Le procédé consiste à déposer une ou plusieurs couches de ces matériaux puis à les compacter. Lorsque plusieurs couches sont nécessaires, il est conseillé de creuser une fosse qui permet de positionner le parement du chemin au même niveau que le jardin. L'épaisseur du fondement dépend également de l'utilisation de l'allée. Les voies carrossables reposent sur une base plus solide que les voies piétonnes peu fréquentées, qui se contentent d'un fondement léger de 5 à 10 centimètres d'épaisseur. Pour cela, et si la terre n'est pas trop calcaire, il suffit d'ajouter quelques pelletées d'un mélange de sable et de graviers appelé tout-venant. En revanche, mieux vaut enlever une terre de mauvaise qualité et la remplacer, toujours sur une épaisseur de 5 à 10 centimètres, par du tout-venant. Ce matériau sera compacté à l'aide d'une dame à bras ou d'un rouleau à gazon avant d'accueillir le revêtement définitif. ■ ■ ■

▪ ▪ ▪ Lorsque les allées sont destinées à supporter le passage de véhicules ou à être intensément fréquentées par des piétons, le fondement sera plus conséquent. Il faudra alors tenir compte de l'épaisseur du revêtement et creuser, en plus, une fosse de 10 à 15 centimètres de profondeur pour les voies piétonnes et de plus de 25 à 30 centimètres pour les voies carrossables. Le fond de la fosse sera tapissé d'un feutre géotextile non tissé et imputrescible dont le rôle est d'empêcher le mélange des matières et d'éviter la remontée de limon et d'argile dans le fondement. Pour les passages piétons, celui-ci se composera de deux couches : un lit de tout-venant de 5 à 10 centimètres d'épaisseur puis un autre de sable de 5 centimètres sur lequel reposera le revêtement. Pour les allées carrossables, installez une première couche épaisse de 15 à 20 centimètres composée de galets et graviers grossiers, puis une deuxième de 5 à 10 centimètres de tout-venant et enfin une dernière de sable. Dans les deux cas de figure, procédez au compactage séparé de chaque couche à l'aide d'un rouleau à gazon ou, mieux encore, d'une dame à propulsion thermique. ▪

Le fondement des allées

Les sentiers

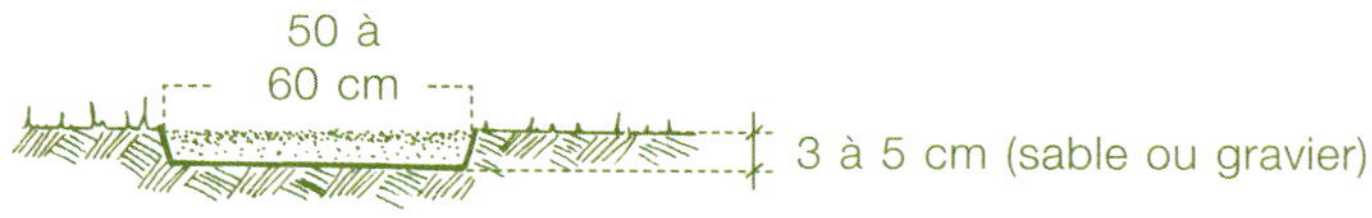

Les passages pour 1 personne

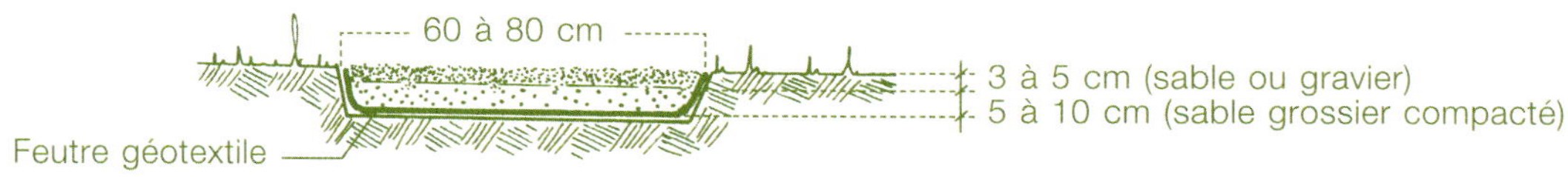

Les passages pour 2 personnes

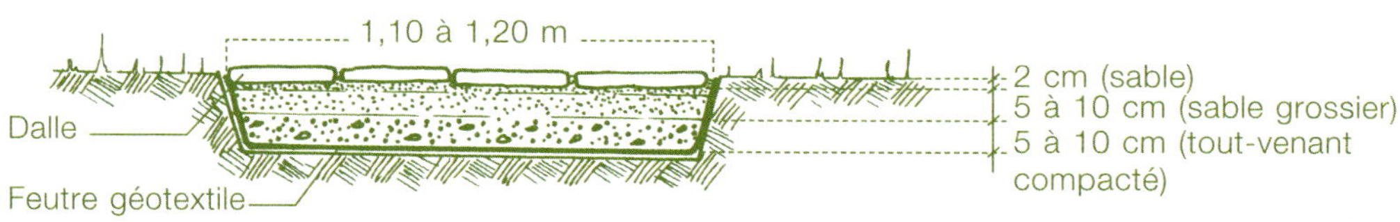

Les voies carrossables

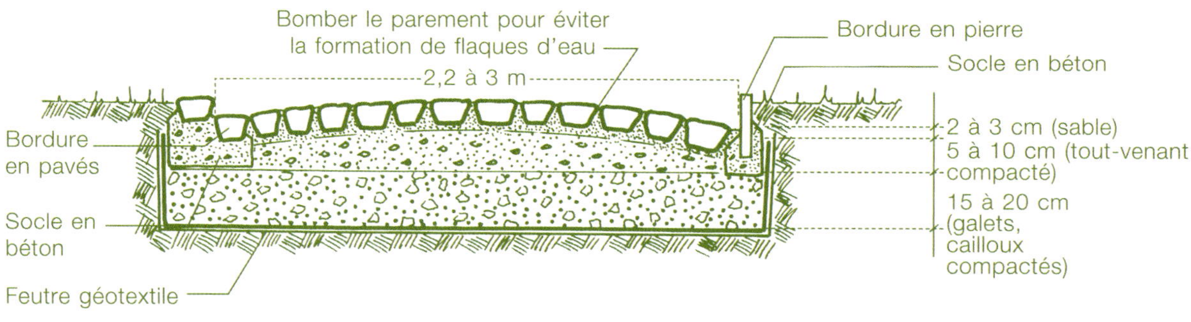

Les tracés des allées dans un jardin

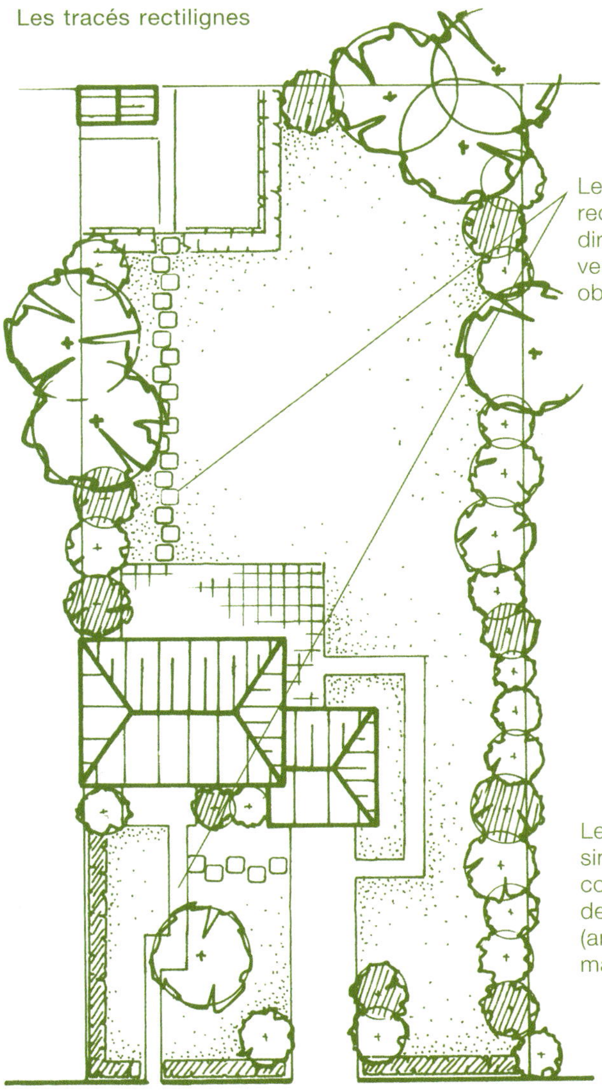

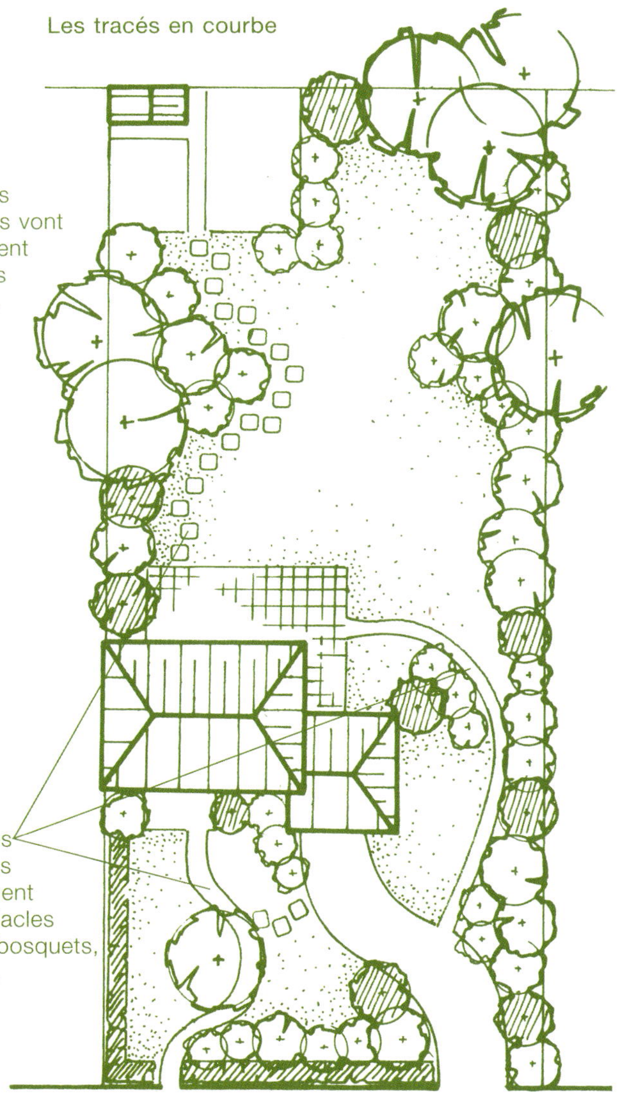

Carnet d'idées

Voici rassemblés dans ce carnet d'idées de nombreux exemples d'allées, des plus simples aux plus complexes, des plus traditionnelles aux plus novatrices. Certains aménagements comme les pavages, calades, dallages et platelages s'inscrivent définitivement dans le décor et demandent quelques compétences et connaissances pour les réaliser. D'autres, à l'image des pistes fauchées, des sentes moussues ou des pas japonais, s'installent sans contraintes, souvent de manière temporaire. À vous de faire bon usage des conseils suivants afin de sortir des sentiers battus et déambuler librement dans votre jardin.

Les chemins de terre

Le charme à l'état simple. Au détour d'une route, les chemins de campagne représentent autant d'invitations à nous perdre dans la nature, car chaque virage est une promesse d'étonnants décors et de nouveaux paysages à découvrir. Les chemins de terre sillonnent nos campagnes et quadrillent nos massifs forestiers. Dans les parcs et les vastes propriétés où ils restent à la mesure du terrain, ils s'intègrent parfaitement. Mais dans les petits jardins on leur préférera les sentiers de terre qui, en dodelinant d'un point à l'autre, sont la plus simple manière de tracer des allées et de déambuler dans un espace aux dimensions réduites. ■

1

Les parcours naturels

La grande majorité des chemins de terre existent déjà lors de l'acquisition d'une propriété. Il convient de les conserver, car leur tracé, inscrit dans le sol à cause du passage régulier d'animaux ou de véhicules, appartient à l'histoire du site. Ils sont fonctionnels et ne s'encombrent pas de détours inutiles, ce qui peut manquer de poésie ou d'originalité lors du réaménagement du lieu. En revanche, ils sont d'un entretien aisé et demandent peu d'attention, si ce n'est le comblement des ornières et le maintien des herbes folles hors de la surface minérale. Au fil des années, celle-ci s'amenuise pour ne laisser apparaître que deux bandes de roulement étroites et parfaitement parallèles. Si le tracé est trop rectiligne et fonctionnel pour le style du jardin, il est possible de le modifier en le faisant onduler. La présence d'arbres, de buissons ou d'obstacles divers est prétexte à créer des courbes. Il faut alors entreprendre des travaux de terrassement identiques à ceux réalisés pour la création d'un chemin, au cours desquels la terre est enlevée sur une profondeur de 30 centimètres puis remplacée par du tout-venant. Ce mélange de pierres, de graviers grossiers et de sable est compacté afin d'obtenir une base stable et permettre le passage de véhicules lourds. La surface du chemin est laissée telle quelle ou recouverte d'une couche de gravillons ou de sable grossier. ■

1. Après quelques décennies d'utilisation, seules deux bandes de roulement subsistent en lieu et place du chemin créé à l'origine. Elles atténuent son aspect minéral et lui confèrent beaucoup de charme.

2. Si un chemin de terre n'est pas entretenu régulièrement, la végétation reprend progressivement ses droits en recouvrant l'intégralité de la surface d'un tapis de verdure.

2

Conseils

Les bandes de roulement, d'une largeur de 40 à 50 centimètres, correspondent au passage des roues d'un véhicule. Lorsqu'elles sont créées au moment de la réalisation de l'allée, il faut les espacer de 1,4 à 1,5 mètre. Mais le fait de les désolidariser les rend plus instables. Aussi, pour les chemins naturels, mieux vaut réaliser une allée d'un seul tenant et encourager la végétation spontanée à en occuper le centre. Dès lors, après quelques années d'utilisation, les bandes de roulement se dessineront tout naturellement.

Les parcours jardinés

À la différence des chemins naturels en terre qui sillonnent le paysage sans ornements particuliers, les parcours jardinés s'entourent de plates-bandes de fleurs, de cordons de feuillages colorés ou de liserés de verdure soigneusement entretenus. Ces bas-côtés décorés contrastent avec la simplicité du cheminement engazonné et confèrent à l'ensemble une allure chic et de bon goût. Pour faciliter le passage d'un véhicule sans endommager les plantations latérales, ajoutez 40 à 50 centimètres de chaque côté de l'allée. Prévoyez une largeur totale de 3 à 3,20 mètres pour permettre aux feuillages des plantes vivaces et des arbustes bas de déborder. S'il s'agit de plantations plus volumineuses comme des arbustes, des rosiers ou des arbrisseaux, repoussez-les au-delà des limites du chemin afin que leurs couronnes de feuillage puissent s'épanouir sans qu'il soit nécessaire de les amputer de certaines branches. ■

1. Astucieusement installée en lisière d'un massif de plantes vivaces, l'une des bandes de roulement de ce chemin joue le rôle de frontière entre la pelouse et le mixed-border, ce qui exclut le passage d'un véhicule tant les végétaux débordent sur l'allée.
2. Pour accompagner le tracé d'un chemin, plantez un cordon de santoline ou de lavande dans les régions au climat doux, mais privilégiez des espèces plus rustiques comme l'armoise ou la sauge argentée dans les régions plus froides.
3. Sans modifier le tracé et l'aspect d'un chemin, vous pourrez lui donner une allure sophistiquée en sculptant la végétation arbustive des bas-côtés.

La réalisation d'un chemin carrossable

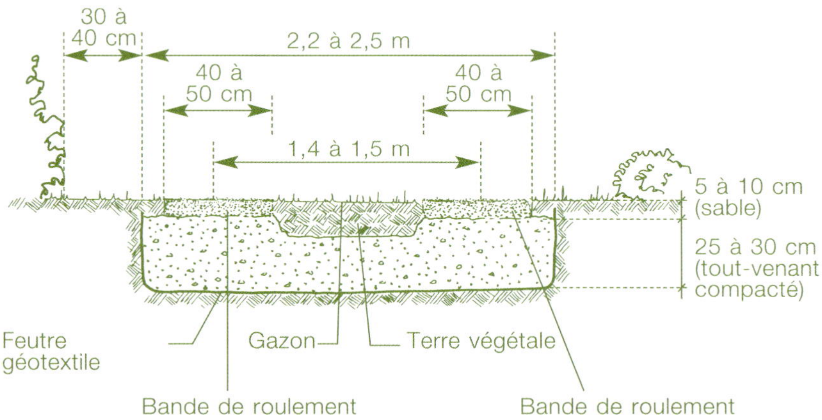

1

2

3

Les allées engazonnées

De soyeux tapis de verdure. Faciles à réaliser, les allées engazonnées sont parmi les plus agréables à fouler et à regarder. Leur tracé, rectiligne ou sinueux, s'intègre dans tous les styles de jardins et se modifie aisément. De plus, elles produisent des écrins de verdure qui relèvent le contenu des massifs et le cachet des ornements. Elles réclament cependant beaucoup d'entretien si on veut leur conserver une apparence soignée. Tonte, désherbage et découpe des bordures s'enchaînent du printemps à l'automne sans discontinuer. ■

1

Un tracé sinueux et précis

Les allées au tracé incurvé sont caractéristiques des jardins de style anglais. Directement inspiré de la nature, leur dessin sinueux et ondulant participe à l'atmosphère romantique et naturelle. Cependant, pour éviter que les allées ne paraissent trop imprécises, leurs bords sont délimités par un liseré minéral réunissant des pavés, des dalles ou des briques qui séparent distinctement la pelouse des plates-bandes tout en soulignant le dessin de l'allée. Mais la présence de cette margelle facilite aussi le passage de la tondeuse : les roues, s'appuient sur la bordure installée au ras du sol, permettant aux lames de couper l'intégralité de la surface engazonnée. Il n'est donc plus nécessaire de passer le coupe-bordure le long des massifs pour éliminer les herbes hautes laissées par la machine. De plus, ce ruban minéral empêche toute progression de l'herbe vers les massifs.

En revanche, la pose de telles bordures est longue et onéreuse car, mises bout à bout, elles nécessitent d'importantes quantités de pavés ou de briques. Pour qu'elles soient solides et s'inscrivent durablement dans le temps, préférez la pose sur une semelle de mortier plutôt que sur un lit de sable. Commencez tout d'abord par creuser de chaque côté de l'allée des tranchées étroites d'une profondeur d'environ 30 centimètres et remplissez-les de mortier avant de sceller les pavés ou les briques. ■

2

1. Déambulant parmi les massifs, les allées engazonnées mettent en valeur les plantes en les enveloppant d'un écrin de verdure. Réservez-les pour les circulations secondaires car il n'est pas facile de les utiliser tous les jours, surtout par temps de pluie.
2. Un rang de pavés installé le long d'une allée enherbée délimite nettement la pelouse et les massifs. Pour faciliter le passage de la tondeuse, veillez à ce que la bordure de pavés et l'allée engazonnée soient au même niveau.

Un tracé sinueux et estompé

Bien que le dessin arrondi donne au jardin une apparence naturelle, on peut amplifier le style romantique en faisant disparaître totalement le tracé des allées sous des corbeilles de feuillage et de fleurs. Il suffit pour cela de laisser les sujets plantés au premier plan des massifs déborder sur l'allée engazonnée. Mais un tel habillage ne peut se concevoir que dans les petits jardins tant il accroît le temps consacré à l'entretien des allées. En effet, pour ne pas endommager les corbeilles de fleurs lors des tontes, il faut délicatement les soulever et les écarter avant de les repositionner après chaque passage de tondeuse. De plus, sous les masses de feuilles et par manque de lumière,

1

la pelouse disparaît : dès l'automne, lorsque les feuilles tombent, de larges auréoles de terre sont mises à jour, ce qui implique une réfection partielle de la pelouse. L'idéal consiste à trouver un équilibre entre des allées au tracé net et des bordures entièrement dissimulées sous la végétation. Accompagnez alors des segments de parcours par des espèces débordantes de vitalité comme l'alchémille (*Alchemilla mollis*), les géraniums vivaces et toutes les plantes de rocaille, et laissez d'autres sections libres de toute plantation. Sachez toutefois que la pelouse peine à croître dans les zones ombragées. Ce sont donc les espaces exposés au soleil qu'il faudra privilégier pour laisser déborder les plates-bandes afin de reconstituer le gazon dès la disparition du feuillage. ■

2

3

1. Cacher les limites des allées engazonnées avec des plantes souligne l'effet romantique d'un jardin mais demande davantage d'entretien.

2. Quelques plantes vivaces, comme l'hosta, le myosotis du Caucase (*Brunnera macrophylla*) ou l'ancolie possèdent des tiges élancées facilitant le passage de la tondeuse et dont le feuillage, en retombant, estompe le tracé des allées.

3. Pour rompre partiellement un tracé trop net, laissez déborder quelques sujets comme ici l'alchémille, dont le feuillage croule sous l'abondante floraison.

Un tracé rectiligne et précis

Le tracé rectiligne des allées engazonnées ne souffre aucune imperfection. Il impose un trait précis et net qui s'obtient, après avoir tiré un cordeau indiquant les alignements à suivre, deux fois par an, par la découpe de la pelouse à la bêche ou au coupe-bordure. Pour éviter cette opération, les limites pourront être matérialisées, comme pour les allées sinueuses, par une bordure de pavés ou de briques. Mais, dans certains jardins, elles risquent de surcharger le décor. Aussi, pour obtenir un tracé net et définitif, ayez recours aux bordures en bois dissimulées dans le sol. Cette technique, éprouvée dans les parcs et jardins publics, consiste à enfouir dans le sol, de chaque côté de l'allée, des voliges en bois résistant à l'humidité ou de fines lames d'acier. Ainsi, la terre est retenue, les alignements sont parfaitement respectés et surtout définitivement installés. Si le gazon venait à en franchir la limite, il suffirait de suivre ce discret repère pour retrouver les bords de l'allée afin de les couper à l'aide d'une bêche ou d'un coupe-bordure sans même avoir recours au cordeau. Si ce procédé présente l'avantage d'être définitif, il n'en reste pas moins coûteux à mettre en œuvre. ■

Conseils

Pour les bordures à enfouir dans le sol, utilisez des bois denses et résistants au contact permanent avec l'humidité. Parmi ceux-ci, l'iroko, le teck ou l'ipé sont des essences exotiques et onéreuses. Sachez que le châtaignier, l'acacia ou le chêne sont des matériaux plus abordables mais qui ne durent pas plus de quinze ans.

1 et 2. Les dimensions d'une allée engazonnée varient selon la taille du jardin et l'importance des massifs. Dans un grand jardin, dessinez de larges allées de 2,50 mètres ou davantage afin qu'elles ne paraissent pas écrasées par les massifs : la végétation, en débordant, empiétera sur le passage, le rendant plus étroit qu'il ne l'est.
3 et 4. Dans un jardin de dimension plus modeste, réservez pour l'allée un passage de 70 à 80 centimètres de large mais jamais moins, surtout si elle est entourée de haies basses, de bordures de buis ou de murets qui diminuent visuellement sa surface.
5 et 6. Une allée engazonnée au tracé rectiligne produit un effet de perspective spectaculaire et donne de la profondeur au décor. Elle s'inscrit aussi bien dans les jardins à la française, où elle sera accompagnée de parterres raffinés et de végétaux taillés, que dans les jardins romantiques anglais, comme ici, encadrée d'opulents mixed-borders.

Réaliser une bordure pour un tracé net et précis

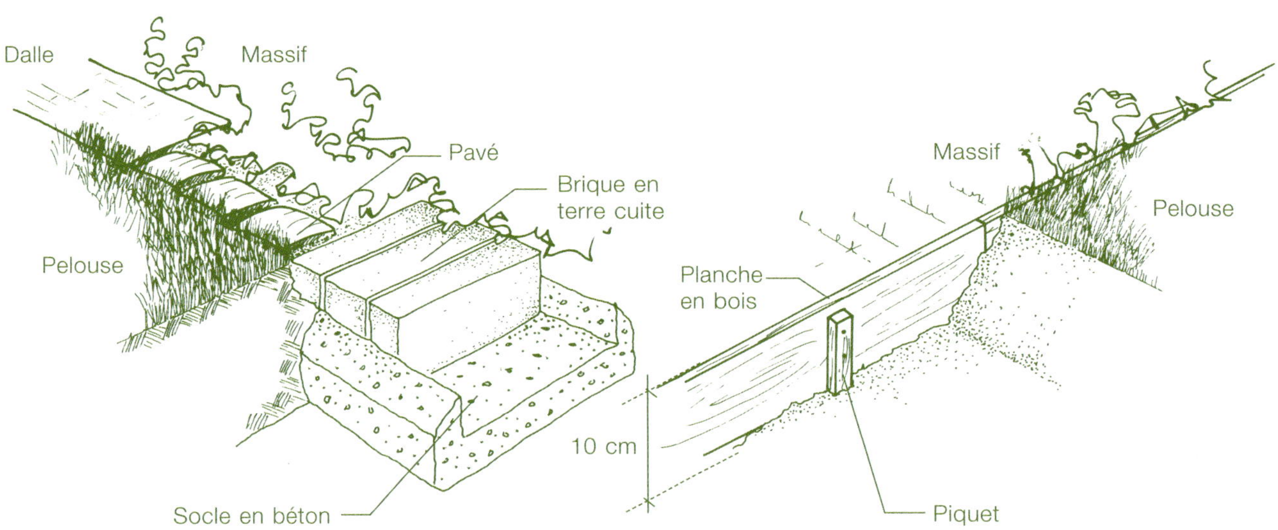

1

2

3

4

5

6

1

Un tracé rectiligne et estompé

Après quelques années, le tracé des allées engazonnées bordées de massifs, d'arbustes ou de plantes vivaces s'estompe pour offrir un cheminement plus irrégulier. Cette évolution peut être voulue et encouragée. Elle résulte d'un entretien moins soutenu des allées et des végétaux qui composent les massifs. Ces derniers, dont l'ampleur ne cesse de croître, imposent des interventions régulières – taille, rabattage et arrachage des sujets envahissants – pour contenir la végétation dans un volume défini et éviter qu'elle ne déborde sur l'allée. Le décor évoluera donc d'un style régulier et strict vers une allure plus indisciplinée et fluctuante. C'est d'ailleurs l'une des tendances actuelles, qui allie une économie d'entretien à la recherche de décors plus proches de la nature. À l'inverse, ces effets de débordement peuvent être parfaitement voulus et organisés lors de la création des massifs. Les plantes seront alors choisies pour leur comportement exubérant et dissipé afin de faire disparaître presque entièrement les allées au dessin rectiligne. Ce dernier, toujours présent sous le couvert végétal, ne se révélera qu'à la disparition du feuillage en automne et en hiver. Pour créer cet effet de foisonnement, installez des espèces choisies parmi les plantes vivaces les plus exubérantes telles que le soleil (*Helianthus microcephalus*), le pérovskia (*P. atriplicifolia*), la barbe-de-bouc (*Aruncus sylvester*), la reine-des-prés (*Filipendula ulmaria*) ou les asters (*A. novae-angliae* et *A. novi belgii*). Leur floraison étant souvent de courte durée, associez-les à des plantes annuelles à croissance généreuse pour en prolonger l'attrait comme le cosmos (*C. bipinnatus*), le cléome (*C. spinosa*), le tithonia (*T. hybrides*), les ombellifères tel l'ammi (*A. visnaga*), et pourquoi pas quelques pieds de dahlias. Ces longues floraisons seront mises en valeur par le feuillage décoratif du macleya (*M. cordata*) ou du fenouil (*Foeniculum vulgare*). À l'ombre de grands arbres, choisissez de préférence des espèces s'accommodant de peu de lumière comme le myosotis du Caucase (*Brunnera macrophylla*), les rodgersia (*R. aesculifolia* et *R. Podophylla*), l'astilboïdes (*A. tabularis*), les ligulaires (*Ligularia dentata* et *L. stenocephala*) ou l'héliotrope d'hiver (*Petasites fragans*). ■

1. En choisissant délibérément de planter des végétaux aux silhouettes volumineuses au bord des allées, vous obtiendrez un effet de débordement qui atténuera la rigueur de leur tracé. En revanche, il faudra contenir les plantes par un tuteurage discret, ne serait-ce que pour permettre le passage de la tondeuse.
2 et 3. Les ombres portées des végétaux amplifient les ondulations créées par le débordement des plantes vivaces. Si cet effet réussit à rompre le dessin trop rectiligne d'une allée, il entraîne également la dégradation de la pelouse, qu'il faudra restaurer au printemps en utilisant des graines de regarnissage.
4. Changer l'aspect d'une allée engazonnée est possible. Pour passer du style classique et parfaitement d'aplomb au style champêtre, laissez déborder les plantes déjà en place et installez des espèces comme le pavot, la julienne, la rose-trémière, le bleuet, le lin ou la digitale qui, se propageant toutes seules, troubleront l'ordre établi.

2

3

4

Les allées champêtres

Des tracés définitifs ou éphémères aux allures naturelles. Alors que la plupart des circulations sont mises en place de manière définitive lors de la création du jardin, quelques-unes apparaissent au gré de la fréquentation du lieu et fluctuent en fonction des saisons, de la nature du sol ou de la croissance de la flore locale. Ces passages temporaires tracés dans les herbes folles caractérisent le style champêtre, très en vogue actuellement, et qui inspire bon nombre de paysagistes. Leurs créations mettent en scène, non plus des herbes sauvages, mais des graminées ornementales aux apparences très proches. ■

Une sente fauchée

À la sortie de l'hiver, le passage aléatoire de la tondeuse dans une pelouse crée un réseau de sentiers et laisse des espaces vierges au cœur desquels s'épanouissent des graminées et des fleurs sauvages. Ces zones préservées accueillent alors des insectes, des oiseaux et des petits animaux qui trouvent là, en plus de la tranquillité, le gîte et le couvert dont ils ont besoin. Au cours du printemps et pour continuer à déambuler aisément dans le jardin, les passages seront tondus à plusieurs reprises. Après quelques mois, généralement en juin, la flore sauvage fleurit et entame une phase de dispersion des graines, indispensable à la survie et à la propagation des espèces mais peu décorative. Les chaumes et les feuilles jaunissent, ce qui impose une coupe de l'ensemble des herbes et des plantes qui peuplent la parcelle. Cette dernière retrouvera rapidement ses coloris verdoyants et, dès le mois de juillet, deux solutions s'offrent au jardinier. La première consiste à laisser les graminées se développer pour former une prairie sauvage dans laquelle on tracera, à nouveau, un réseau de sentes fauchées. La seconde repose sur la reprise des tontes régulières afin d'en faire une pelouse classique. ■

1. Au printemps, la tonte d'une sente permet d'accéder au jardin tout en épargnant les fleurs et bulbes printaniers qui continuent à s'épanouir.

Un sentier de mousse

Les mousses prospèrent dans les coins humides et ombragés du jardin, à l'ombre d'un mur ou sous le couvert d'arbustes et d'arbres à feuillage persistant. Les espèces communes comme la polytric (*Polytrichum formosum*), que l'on trouve en forêt, sont d'excellentes plantes couvre-sol à l'aspect soyeux et luxuriant. Elles aiment les sols frais et imprégnés d'eau, sans quoi elles brunissent et se dessèchent, mais reprennent vie après un arrosage copieux. Les mousses sont rarement cultivées et il est interdit de les extraire de leur milieu naturel, aussi la seule solution pour en voir dans son jardin consiste à créer un environnement favorable à leur développement et à patienter. Elles ne tarderont pas à apparaître très progressivement sur les sols sablonneux et sur les terres lourdes, où l'on s'interdira tout désherbage chimique. Algues microscopiques et mousses primitives coloniseront, en précurseurs, la surface de ces sols puis céderont la place aux espèces plus décoratives. Quelques plantes vivaces au port tapissant permettront d'obtenir un résultat plus rapide et, surtout, de garnir des zones ensoleillées. C'est notamment le cas de l'acaena (*A. microphylla* et *A. magellanica*), du pied-de-chat (*Antennaria dioica*), de différents thyms (*Thymus pseudolanuginosus* et *T. serpyllum*) ou de l'origan (*Origanum vulgare*). ■

Conseils

À l'ombre et en attendant que se développe la polytric, plantez de l'helxine (*Soleirolia soleirolii*), dont les feuilles minuscules prennent l'apparence de la mousse et qu'une coupe à la cisaille suffit à discipliner. Au soleil, optez pour la sagine (*Sagina subulata*), qui possède un feuillage plus résistant au piétinement.

2. En laissant les mousses envahir une allée gravillonnée, celle-ci se couvrira d'un tapis de verdure qui apportera une belle patine au jardin. Maintenez le sol humide pour éviter que les mousses ne jaunissent.

3. Afin d'obtenir rapidement un effet similaire, il est possible d'implanter des vivaces comme la sélaginelle, l'helxine ou la sagine, qui rappelle la mousse des sous-bois.

2

3

Un passage tondu

Les passages tondus dans l'herbe haute sont indissociables des prairies fleuries très en vogue actuellement. À l'origine, le terme qualifie les prés cultivés par les agriculteurs en montagne et en plaine. Ces pâturages verdoyants, qui monopolisent une portion de notre paysage, font partie d'un fragile écosystème. Ce sont, en effet, de précieux refuges pour les insectes et les petits animaux délogés de leur milieu d'origine par l'urbanisation galopante. Ces terres d'accueil hébergent en outre une flore spécifique, malmenée par nos modes de vie contemporains.

Dans nos jardins, et quelle que soit leur situation, il est tout à fait possible d'obtenir une prairie fleurie à partir d'une pelouse déjà en place. Il existe deux méthodes faciles à mettre en œuvre, et qui permettront, par la suite, de créer les fameux passages tondus. La première est destinée aux pelouses installées dans un jardin de campagne, issues, pour la plupart, de la tonte d'un simple pré ou d'un semis lointain dont on s'est contenté de couper l'herbe sans interventions chimiques, notamment pour l'élimination des mauvaises herbes. Dans ce cas, à force d'être régulièrement tondues, les graminées mais aussi toutes les plantes vivaces à fleurs adoptent une croissance rase et prostrée pour échapper aux lames de la tondeuse. Ce comportement empêche l'épanouissement des fleurs, qui disparaissent au profit du feuillage. Il suffit simplement d'espacer les tontes pour voir s'épanouir les épillets des graminées, mais également les inflorescences des trèfles, camomilles, pâquerettes, marguerites, renoncules ou achillées. Les espèces annuelles et vivaces s'installeront progressivement, disséminées par le vent ou les insectes. Le point de départ de l'autre méthode est une pelouse récemment installée dont on espacera les tontes pour laisser les graminées s'épanouir et achever leur cycle de croissance, au terme duquel se forment les graines. Dans un cas comme dans l'autre, les chemins sont réalisés à l'aide d'une tondeuse dont les premiers passages s'effectueront en mars, puis tous les dix jours, afin d'obtenir des cheminements et des placettes éphémères bien entretenus et faciles d'accès. Leur tracé pourra changer, le cas échéant, d'une année sur l'autre. Deux fois par an, il faudra utiliser une faucheuse, opération un peu plus longue car il faut prendre le temps de ramasser l'herbe. La première coupe s'exécute en juin-juillet, après que la majeure partie des annuelles ont fleuri et disséminé leurs graines. La seconde a lieu en octobre, pour éviter que l'herbe haute, sous l'effet du vent, de la pluie ou de la neige, ne se couche pendant l'hiver. ■

1

2

Des repères pour tondre bien droit

Pour retrouver le même tracé d'une année à l'autre, placez les pavés dans le sol qui serviront de repère. Pour tondre, il suffit de planter des tuteurs et de les relier par un cordeau. En suivant cette ligne, le tracé sera net.

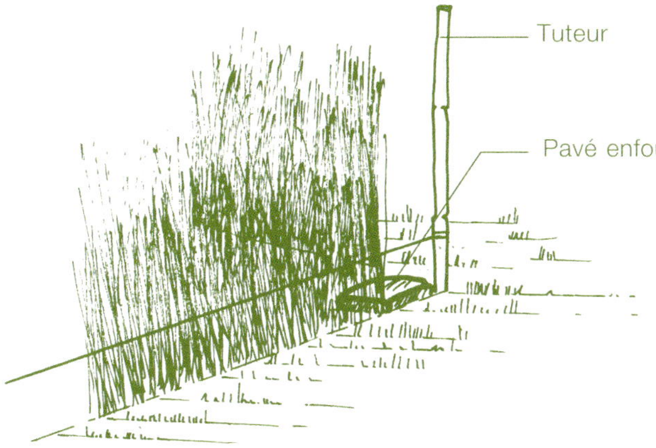

Les allées de graminées ornementales

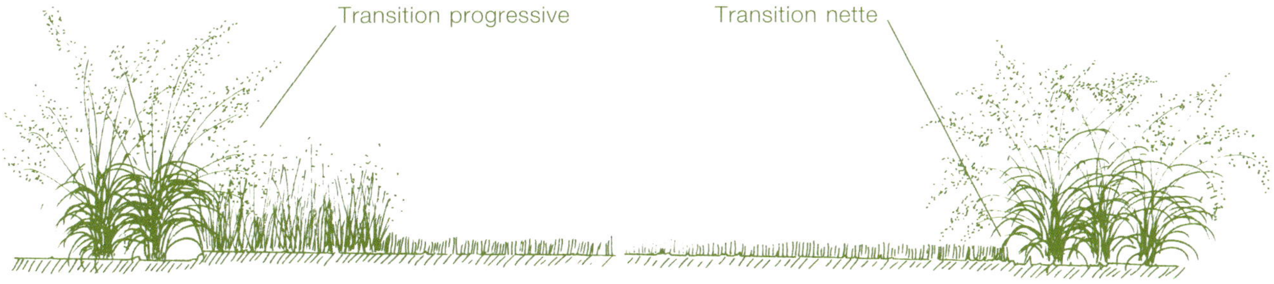

3

1 et 2. Conserver des herbes hautes pendant des mois n'est pas toujours compatible avec les activités d'extérieur, et certaines zones doivent être soigneusement entretenues. C'est le cas de la proximité de l'habitation, des zones de passage et de récolte comme le verger, ou du pourtour des aires de jeux pour les enfants. Il est possible d'allier les zones fauchées aux espaces tondus. Pour cela, il suffit, au printemps, de délimiter les aires et les circulations au moyen de la tondeuse, puis de poursuivre la tonte à des fréquences rapprochées. On obtient ainsi des passages soigneusement tondus et confortables à fréquenter.
3. Inspirée du land art, la tonte à différents moments et à différentes hauteurs de coupe produit des décors qui donnent du relief à une pelouse et transforment le jardin en œuvre d'art. Commencez par tracer des carrés entrecoupés d'allées. Coupez à ras l'herbe des passages et laissez pousser celle contenue dans les carrés. Vous obtenez un damier qui s'entretient en réglant la hauteur de coupe de la tondeuse.

Une allée de graminées ornementales

L'attrait grandissant pour les graminées s'explique non seulement par leur facilité d'adaptation à tous les sols et tous les climats mais aussi par leurs silhouettes souples et fluides. Cet effet de légèreté est produit aussi bien par quelques sujets dispersés au bord d'un sentier que par les déferlements de feuillage issus d'une colonie plantée le long d'une allée. Car, chez les graminées, du feuillage aux inflorescences, tout est grâce et souplesse. Les chaumes – telle est l'appellation des feuilles de cette herbe géante – sont filiformes et les fleurs réunies en épis s'épanouissent en été et au début de l'automne. Les uns comme les autres savent attraper la lumière et produire un spectacle proche du feu d'artifice, amplifié par leur mode de croissance : une souche à développement circulaire à partir de laquelle jaillissent les chaumes. Certaines espèces atteignent plus de 3 mètres de hauteur alors que d'autres ne dépassent pas 30 à 40 centimètres. Les plus hautes sont très appréciées pour dompter les structures uniformes, aussi bien dans les réalisations récentes que dans les jardins plus anciens. Cet assemblage donne toujours un résultat d'une extrême simplicité.

Sachez que l'effet produit par les chaumes, en faisant disparaître le tracé rectiligne d'une allée, ne lasse jamais, même lorsque les graminées sont utilisées en grande quantité. Pour réussir l'aménagement d'un chemin, commencez toujours par engazonner la bande de circulation, qui sera entretenue par la suite telle une pelouse classique. Sur les côtés, dessinez des plates-bandes dont vous ameublissez la terre, puis installez les sujets. Pour créer de puissants effets de jaillissement, portez votre choix sur les espèces à grand développement comme les roseaux de Chine (*Miscanthus sinensis, M. floridus* et *M. sacchariflorus*) ou les panics (*Panicum virgatum*). À l'inverse, vous obtiendrez des résultats plus modérés en utilisant les canches (*Deschampsia cespitosa*), les laîches (*Carex pendula*, *C. bucchananii*, *C. hachijoensis 'Everold'* ou *C. morrowii*), l'avoine à chapelet (*Achnantherum elatius*) ou les stipes (*Stipa tenuifolia*). ■

Conseils

Conservez les chaumes le plus longtemps possible pour profiter de leurs belles teintes rousses en automne et en hiver. Laissez-les libres ou fagotez-les afin de protéger le cœur des sujets de l'humidité et du froid tout en apportant une touche de fantaisie au décor. En mars, vous les couperez tous au ras du sol à l'aide d'une cisaille bien affûtée.

1

1. En disposant des plates-bandes de graminées le long d'une allée au tracé rectiligne, vous atténuerez son aspect austère et géométrique. Ici, canches (*Deschampsia cespitosa*) et eulalies (*Miscanthus sinensis* 'Gracillimus') se partagent les bas-côtés du parcours en déployant d'élégantes brassées de feuillages souples et d'épillets gracieux.
2. Panics (*Panicum virgatum*) et canches (*Deschampsia cespitosa* 'Goldscheier') déferlent le long de cette allée sinueuse. Plantez-les en groupes pour créer un bel effet de masse.

2

Les allées de sable

Souples et agréables à utiliser. Le sable est une matière très agréable à fouler et élégante à regarder tant son aspect est soyeux et fin. Mais sa finesse le rend peu stable et impose un réapprovisionnement régulier de la matière pour que les allées conservent un bel aspect. Ce revêtement est éphémère, car l'eau de pluie ou les arrosages, en s'infiltrant dans le sol, emportent les plus fins agrégats et ne laissent en surface que les plus grossiers. Ce phénomène dénature rapidement l'allure du revêtement en lui faisant perdre son apparence douce et fine. ■

1

Le sable de rivière

Le sable de rivière est un mélange de sable fin et de petits gravillons de 0,4 à 0,6 centimètre, qui confère aux allées, par un jeu d'ombre et de lumière, un aspect granuleux. Les coloris, déclinant de l'ocre au rose en passant par toutes les nuances de beige et de blond, varient selon les régions d'extraction de la matière. Pour réaliser une allée, commencez par enlever la terre sur une épaisseur de 15 centimètres, puis déroulez un feutre imputrescible de jardin sur lequel vous déposerez une couche de tout-venant. Épaisse d'environ 15 centimètres, cette sous-couche composée d'agrégats rocheux et de graviers de granulométries différentes a pour objectif de stabiliser l'allée en drainant les excès d'eau. Le sable de rivière sera ensuite répandu sur une épaisseur de 2 à 4 centimètres et nivelé à l'aide d'un râteau. Pour réduire l'érosion et offrir une meilleure stabilité de la matière, ajoutez 4 % de ciment ou de chaux au volume total de sable : ce liant affermira le fondement – sans pour autant lui donner la dureté du mortier – et prolongera la longévité de l'ouvrage. ■

Réaliser une allée en sable

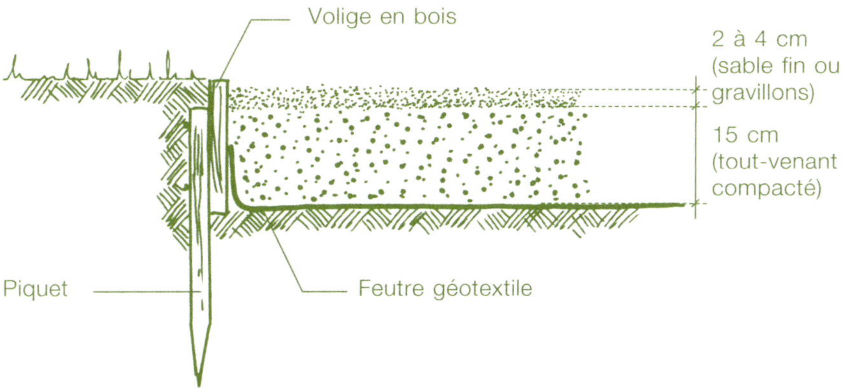

Le sable fin

À l'inverse du sable de rivière, le sable fin ne possède pas de gravillons, et sa texture, extrêmement fine et douce au toucher, rend les allées peu stables et particulièrement précaires. Les fines particules sont emportées par l'eau et s'infiltrent progressivement dans le sous-sol, laissant une surface dénudée et inesthétique. Pour réduire l'érosion et atténuer cet inconvénient majeur – il impose en effet de renouveler la couche de sable tous les deux ans –, il faut réaliser une sous-couche et déposer un feutre géotextile, fabriqué en fibres synthétiques imputrescibles. Étendu sur toute la largeur de l'allée, il empêchera le sable fin de disparaître dans le sol. Sur les côtés, prévoyez également l'installation de bordures en lattes de bois, en briques ou en pavés pour éviter l'éparpillement de la matière dans les massifs alentour et, inversement, pour stopper le ruissellement de terre sur le chemin. Pour ne pas s'enliser à chaque foulée, n'épandez pas de couche de plus de 2 centimètres d'épaisseur. Sachez que le sable fin produit beaucoup de poussière par temps sec et qu'il est abrasif au contact des revêtements de sol intérieurs comme le parquet. ■

2

1. Élégante et raffinée, une allée de sable produit un bel effet engageant pour l'usager et particulièrement valorisant pour les végétaux.
2. Associé aux galets de taille moyenne, un sentier sinueux de sable fin évoque les méandres d'un ruisseau.
3. Le sable est une matière abrasive et poussiéreuse par temps sec. Il est donc préférable de l'utiliser pour les cheminements les plus éloignés de l'habitation. Lorsque cela n'est pas possible, insérez un passe-pied en dalles pour faciliter le passage et éviter d'acheminer du sable à l'intérieur de la maison.

3

Les allées gravillonnées

De beaux effets à moindre coût. Les gravillons et les graviers, faciles et peu coûteux à mettre en place, sont destinés à garnir des superficies importantes. Ils agrémentent aussi provisoirement des surfaces en attendant le revêtement définitif, car ils n'imposent aucun travail préparatoire et s'enlèvent aisément. Si les coloris et les calibres sont nombreux et dépendent de la roche utilisée, l'apparence des gravillons et des graviers se limite à deux types d'aspect : les ronds et les concassés. Les premiers sont extraits de gravières et tamisés alors que les seconds sont issus du concassage de la roche mère et proviennent de carrières. ■

1

2

3

4

Les petits gravillons

D'aspect très fin et décoratif, les petits gravillons peuvent être lavés ou concassés. Les uns et les autres n'ont pas la même origine. Les premiers sont des galets miniatures de forme arrondie dont la surface a été lissée par l'eau de mer ou de rivière. Ils composent des strates enfouies dans le sous-sol en lieu et place d'anciens lits de rivière ou de fleuve et sont recueillis dans des gravières. Ils passent ensuite à travers les grilles de tamis qui les classent en catégories, avant d'être abondamment lavés et débarrassés du limon et de l'argile qui les entourent. C'est pourquoi on les nomme gravillons lavés. Les gravillons concassés sont issus, comme leur nom l'indique, du concassage de blocs de roche extraits de carrières. Tamisés puis stockés en fonction de leur calibre, ils se distinguent des gravillons lavés par leur profil anguleux et pointu. Les gravillons ne peuvent pas être répandus tels quels sur la terre car, ne dépassant pas 0,6 centimètre de diamètre, ils se retrouveraient rapidement enfouis dans le sol. Il faut donc préalablement étaler une couche de tout-venant sur une épaisseur de 8 à 10 centimètres puis la compacter à l'aide d'une dame à bras ou bien d'un rouleau. Les gravillons seront ensuite déposés en une fine couche ne dépassant pas 2 centimètres, sans quoi l'allée ne sera pas agréable à fouler. Pour éviter qu'ils ne se dispersent sur les côtés, il est conseillé de construire des bordures dépassant leur niveau de 3 ou 4 centimètres. ■

Règles de l'art

Pour conserver une allure soignée, une allée recouverte de gravillons fins nécessite un entretien régulier. Tous les ans, il faut compléter le niveau de la couche superficielle, que l'on égalise soigneusement au râteau. Il faut aussi désherber à la main ou chimiquement en veillant à ne pas endommager les plantations et ramasser les feuilles et les brindilles qui s'immiscent entre les gravillons. En se décomposant, elles forment de l'humus qui favorise le développement de mousses à l'ombre et de mauvaises herbes au soleil.

1. Recouverte de petits gravillons et sertie d'un liseré de géraniums vivaces pour dissimuler astucieusement les bordures, cette allée a perdu son alignement rectiligne au profit d'un sentier sinueux.
2 et 4. Les gravillons s'adaptent à tous les styles de jardins. Dans un espace classique, ils produisent d'aussi beaux effets que des dalles ou des pavés lorsqu'ils sont soigneusement ratissés et émaillés de banquettes de pelouse et de buis taillés. Dans un décor champêtre, ils apportent une note rustique.
3. Les plantes vivaces se développant en coussin ou en corbeille comme les aubriètes (photo), les alysses, les arabettes ou les campanules remplacent efficacement les bordures minérales pour contenir les gravillons.

1

Les graviers ronds

Les graviers ronds prélevés dans les gravières, calibrés puis lavés, sont de plus grande taille que les gravillons. D'un diamètre oscillant entre 0,6 et 2 centimètres, ils s'ensevelissent difficilement dans le sol et persistent plus longtemps. Leur utilisation s'étend donc du parement des allées piétonne au revêtement des voies carrossables. Leurs teintes varient selon les régions d'extraction et leur profil arrondi les rend agréables à fouler.

Ce matériau intermédiaire entre le gazon et les pavés ou les dalles est perméable à l'eau et à l'air. Il laisse donc passer l'air indispensable aux racines des végétaux et permet aux eaux de pluie de s'infiltrer sur toute la surface du revêtement, épargnant ainsi la réalisation d'un réseau de récupération des eaux de ruissellement. La pose de graviers ronds peut se faire à même la terre existante sans qu'il soit obligatoire de la remplacer par une couche de tout-venant. Le cheminement sera simplement nivelé, légèrement compacté puis recouvert d'une épaisseur de 4 à 6 centimètres de graviers. Pour éviter qu'ils ne se dispersent sur les côtés et délimiter nettement l'allée et les massifs ou la pelouse, prévoyez la pose de bordures minérales ou l'installation de plantes vivaces. ■

1 2 à 3 cm (graviers)

2 5 cm (graviers grossiers)

3 5 cm (tout-venant compacté)

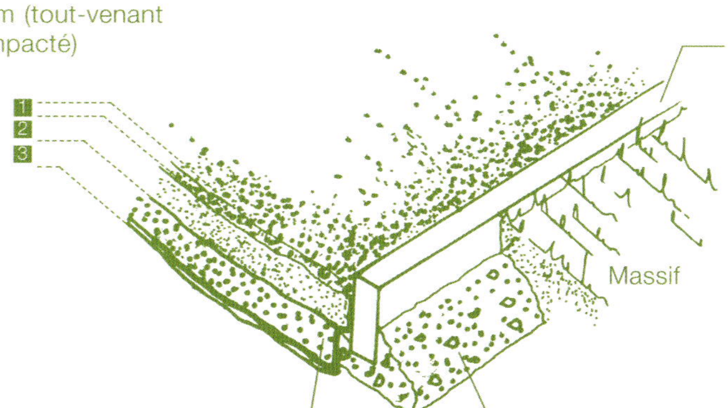

1 et 4. Avec le temps, les allées de graviers perdent de leur rigueur et s'adaptent au développement des plantes qui les bordent pour dessiner de charmants parcours sinueux. Cette évolution s'accomplit naturellement lorsque les plantes vivaces ou annuelles, dispersées par le semis, empiètent sur le chemin. L'enracinement, rendu possible par la perméabilité du matériau, permet donc aux nouvelles plantes de croître et d'estomper le tracé initial de l'allée.
2. Pour limiter l'éparpillement des graviers sur les côtés, réalisez des bordures minérales ou en bois, comme ici, où de simples bûches d'acacia stoppent la dispersion du matériau.
3. Les voies destinées aux véhicules imposent une préparation plus conséquente que les allées piétonnes. Pour supporter le poids des voitures, une sous-couche stable et compacte réalisée avec du tout-venant est nécessaire. Toutefois, ce mélange de sable et de graviers déposé sur une épaisseur de 20 à 30 centimètres n'empêchera pas la formation d'ornières aux points de passage des roues, et notamment dans les virages, qu'il faudra reboucher régulièrement.

2

3

4

Les graviers concassés

Les graviers concassés sont des éclats de pierre issus du concassage de roches effectué dans les carrières. Ils sont tamisés puis conditionnés par tailles dont les plus petites, de 0,6 à 2 centimètres, sont destinées au revêtement des allées. Les plus importantes, dépassant 2 centimètres, sont mélangées à du sable pour confectionner le tout-venant qui sert de sous-couche stabilisatrice lors de l'aménagement des routes. Ce matériau anguleux et pointu est moins confortable à fouler, surtout pieds nus, mais son utilisation dans les jardins est fréquente, car il est moins coûteux que les graviers ronds. La pose s'effectue de la même manière, à même le sol lorsqu'il s'agit de chemins piétonniers ou sur une couche de tout-venant pour les voies carrossables. Une épaisseur de 2 à 3 centimètres est suffisante, car plus la couche est importante plus les pas s'enfoncent et embarrassent l'usager. À l'inverse des graviers ronds, qui roulent, les graviers concassés se maintiennent d'eux-mêmes et assurent, après quelques années, une excellente stabilité de l'ouvrage. Comme les graviers ronds, ils risquent de se disperser sur les côtés et imposent la construction de bordures pour en empêcher l'éparpillement. Quant à l'entretien, il se limite à quelques passages de râteau pour égaliser la surface, éliminer les débris végétaux et les feuilles mortes ainsi que les mauvaises herbes. Ces dernières sont arrachées à l'aide d'une binette ou à la main, après un arrosage ou une pluie qui ameublit la terre et facilite l'extraction des racines. Le désherbage chimique est envisageable pour les grandes surfaces mais implique une application soignée pour ne pas nuire aux plantations installées sur les côtés. ■

1 et 3. Lorsque le tracé est rectiligne, utilisez des voliges ou des lattes de bois pour retenir les graviers. Les pavés et les briques sont plus adaptés aux parcours possédant des virages. Si le passage est fréquenté par des voitures, posez-les sur une semelle de mortier pour éviter qu'ils ne s'affaissent.
2. Pour un effet plus naturel, laissez les végétaux déborder sur l'allée : ils atténuent l'effet anguleux produit par les graviers concassés et donnent plus de souplesse au tracé.

1

2

Les galets

Précieux tapis de pierres. Les galets, bien qu'arrondis et polis par le roulis des rivières ou de la mer, restent un matériau impossible à utiliser comme revêtement de sol tant il est difficile de marcher dessus. Les calibres les plus importants peuvent, tout au plus, être employés pour la réalisation de bordures le long de massifs. Ils marqueront ainsi une séparation et empêcheront de franchir la limite. En revanche, les galets de petite taille ainsi que ceux aux formes et coloris originaux récupérés au bord des cours d'eau et sur les plages composent d'élégants tapis de pierres, typiques de certaines régions du pourtour méditerranéen. ■

1

Les calades

1. Trop volumineux pour être utilisés comme parement, des galets bien choisis formeront d'élégantes bordures.
2. Associés à des pavés de bois, des galets de rivière noyés dans un mortier composent des revêtements rustiques et originaux.
3. Une calade est un assemblage minutieux de petits galets, posés de chant les uns à côté des autres, qui habille élégamment le sol des cours et des patios.

Les cailloux, c'est bien connu, sont les pires ennemis du jardinier. Ils gênent le travail du sol, empêchent le bon développement des racines et, surtout, ne cessent, année après année, de remonter à la surface. En bref, ils ne sont d'aucune utilité. À défaut de pouvoir s'en débarrasser, certains ont pris le parti de les recycler pour réaliser des tapis minéraux qu'ils déroulent sous nos pas. Les Japonais ont certainement ouvert la voie en offrant à leurs jardins des rivières sèches aux subtiles ondulations jouant sur les teintes et les formes des pierres. Les civilisations méditerranéennes ont, elles aussi, habillé les patios andalous et les *quintas* portugaises de véritables tapis minéraux. Des tapis ornés de galets de rivière, de morceaux de marbre noir ou blanc et de porphyre rose dont les assemblages géométriques et réguliers ou tout en courbes et volutes perdurent encore de nos jours. Les jardiniers anglais, eux aussi, ont choisi d'insérer des parements de pierres dans leurs créations en les associant à d'autres matériaux comme le bois ou la brique notamment. En France, les parures de pierres dans les jardins se sont essentiellement illustrées à la Renaissance et jusqu'au XVIIIe siècle sous l'appellation de calade.

Cet assemblage original de galets soigneusement sélectionnés pour leur aspect et leur coloration réapparaît dans les jardins. Il correspond à une forme d'expression artistique mariant créativité et instinct récupérateur. Aujourd'hui, les cailloux récupérés paradent aux côtés des galets de rivière ou de mer. Ces derniers sont commercialisés en sacs de 40 kilos environ dans les jardineries et les magasins de bricolage, mais la récupération de pierres et de galets reste le moyen le moins onéreux et souvent le plus amusant pour réaliser une calade. Un inconvénient ...

2

3

toutefois : leur mise en œuvre reste longue et minutieuse. Pour les allées, commencez par installer des planches sur les côtés afin de réaliser un coffrage en bois d'une hauteur de 10 centimètres, puis déposez un grillage fin pour assurer une meilleure solidité de la fondation. Ensuite étalez un lit de mortier sur une épaisseur de 5 centimètres, soigneusement lissé à l'aide d'une truelle, puis dessinez les motifs souhaités avec un tournevis. Après avoir trié les galets en fonction de leurs coloris, de leurs formes et de leurs dimensions, posez-les sur la couche de mortier en respectant le motif dessiné et en les serrant bien les uns contre les autres jusqu'à ne laisser qu'un minimum d'espace entre chacun. Ajustez l'enfouissement des galets afin de retrouver celui défini par les planches de coffrage. Comblez les interstices laissés entre les galets avec un mélange de sable fin et de ciment puis humidifiez la surface avec un jet d'eau fin : l'eau fixera définitivement les galets tout en les nettoyant. Laissez prendre le mortier quelques heures avant de démonter le coffrage. ■

Réaliser une calade

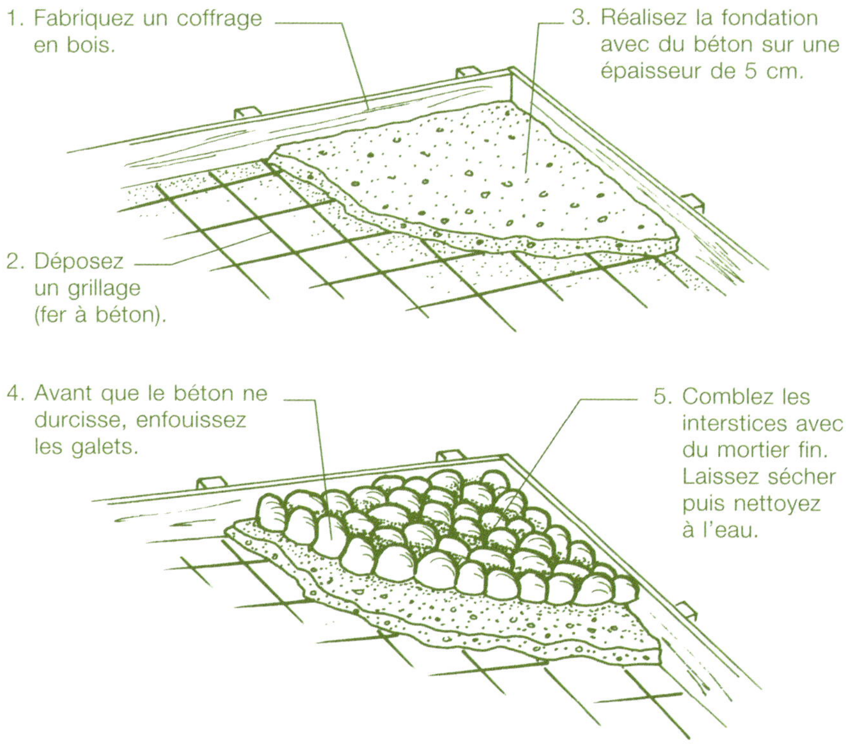

1

1. Typiquement provençale, la calade utilise des galets plats de petite dimension, posés en alignement. De nombreuses variantes sont possibles, comme ici un assemblage en vague répondant à l'ondulation des inflorescences de la lavande.

Les mosaïques de galets

Inspirées des sols en céramique, les mosaïques de galets reprennent des motifs géométriques ou fantaisistes réalisés avec des pierres de différentes teintes et dimensions. Le mode de pose est identique à celui des calades mais nécessite beaucoup plus de temps et de patience. En effet, il faut trier les galets et les rassembler par calibres et par couleurs avant de les sceller dans le mortier. L'attrait des mosaïques réside dans l'éclat des coloris. Ces derniers ternissant dès que les galets sont secs, pulvérisez-les d'eau afin qu'ils retrouvent momentanément de belles tonalités. Pour que celles-ci perdurent, enduisez la surface du revêtement de plusieurs couches d'huile de lin. À l'ombre, la mousse et les algues apparaissent à la surface des galets et du mortier. Vous réduirez cet inconvénient et éviterez les risques de glissade en lavant soigneusement la surface à chaque printemps et en appliquant un algicide pour dallage. Enfin, le déchaussement de la seconde couche de mortier est souvent le premier signe de vieillissement d'une calade. Au moment de son application, veillez à ce qu'elle soit d'une hauteur minimale de 2 centimètres et augmentez la proportion de ciment pour la rendre plus résistante ; scellez les galets qui bougent et les fissures pour éviter les infiltrations d'eau qui accélèrent la dégradation de l'ouvrage. ■

2

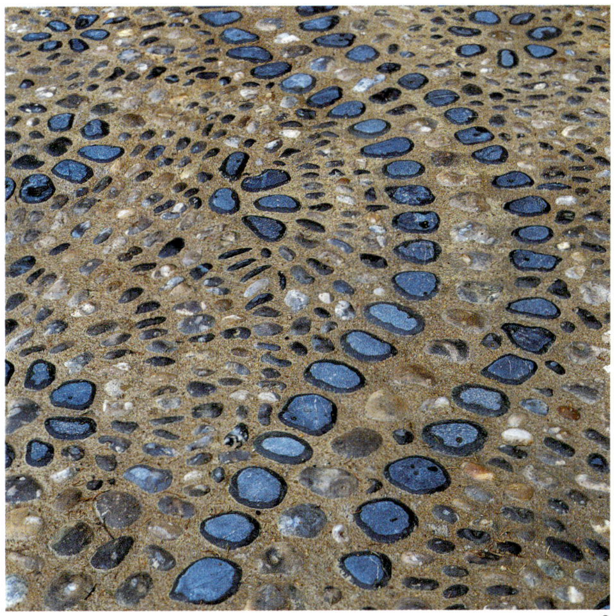

3

4

2. Les courbes et les mouvements imprimés par les pierres font la richesse d'une mosaïque et composent des décors idéaux pour animer le sol des petits espaces.
3. Pour souligner les arabesques et les volutes, jouez avec les dimensions, les formes et les coloris des galets.
4. Le cachet d'une mosaïque réside aussi dans l'originalité des éléments emprisonnés dans le mortier, comme ici des briquettes d'ardoise posées en chevrons. N'hésitez pas à associer de la terre cuite, des pièces métalliques, de la pâte de verre, des morceaux de carrelage ou des billes qui scintilleront sous les rayons du soleil.

Les pavés

Des allées pavées de charme. Ces petits cubes de pierre, soigneusement taillés et assemblés, revêtent depuis des siècles les avenues et les cours des fermes. Neufs ou récupérés, les pavés agrémentent désormais les chemins et placettes de nos jardins. En granit ou en grès, carrés ou rectangulaires, ils offrent de multiples apparences selon leur région d'origine. Ils sont mis en valeur par le mode de pose, qui s'étend du simple alignement aux figures géométriques. Faciles à mettre en place, les éléments récupérés apportent un supplément d'âme aux cheminements contemporains, qui s'offrent ainsi la patine des allées d'autrefois. ■

1

Les sentiers ondulants

Pour rendre un sentier sinueux accessible par tous les temps, il faut le recouvrir de pavés dont l'aspect, surtout s'ils sont récupérés, sera du plus bel effet et la mise en place aisée et rapide. Pour cela, utilisez de préférence les grands modèles cubiques ou rectangulaires employés comme revêtement de rue. Vous en trouverez des exemplaires auprès des municipalités ou chez les récupérateurs de matériaux anciens à des prix relativement intéressants. Seul le poids s'avère être un inconvénient car chaque pièce peut atteindre plus de 6 kilos, ce qui rend la manutention difficile et souvent plus coûteuse que les matériaux eux-mêmes. Ces modèles cumulent cependant plusieurs avantages, dont leur surface usée et patinée qui donne un aspect rustique et ancien à l'ouvrage. À l'inverse des tracés rectilignes, les sentiers sinueux acceptent une finition sommaire, voire imparfaite, dissimulée par la végétation environnante. Enfin, leur poids permet de les poser à même le sol sur un simple lit de sable et sans préparation particulière. Il suffit de creuser une fosse de 30 centimètres de profondeur et 50 centimètres de large correspondant à la longueur du sentier. Le fond sera recouvert d'une couche de 5 à 6 centimètres de sable, avant l'installation des pavés. Posés les uns à la suite des autres, ces éléments seront maintenus à un niveau à peu près constant et les interstices seront comblés avec du sable fin. ■

1 et 2. Les gros pavés en grès, dits pavés de ville car récupérés sur des chantiers de réfection de voiries, sont lourds mais stables. Ils constituent des parements aux allures rustiques qui acceptent une mise en place imparfaite. Ils conviennent aux sentiers, comme ici où l'effet rudimentaire est volontaire et valorise les fines silhouettes des végétaux ainsi que les subtils mariages de teintes et d'aspects des feuillages.

2

Conseils

Avant d'entreprendre la réalisation du sentier, esquissez son tracé sur le terrain en vous aidant d'un tuyau d'arrosage en PVC dont la souplesse permet d'effectuer facilement des virages et des courbes. Déposez ensuite le long du tuyau d'arrosage un filet de sciure ou de plâtre en guise de repère et reproduisez un tracé identique et parallèle à 50 centimètres de distance pour obtenir l'emprise de l'ouvrage. Ainsi, vous pourrez juger de l'implantation du sentier dans votre jardin et le modifier, le cas échéant, pour améliorer et affiner son intégration.

Les sentiers rectilignes

Les sentiers au tracé rectiligne exigent plus de précision quant à la manière de poser les pavés, car les imperfections comme un alignement imparfait ou une pose approximative se décèlent au premier coup d'œil. Commencez par établir le tracé de l'ouvrage au cordeau et adaptez les travaux préparatoires au type de pavés utilisés. S'il s'agit de gros pavés de grès, envisagez une pose sur du sable : creusez une fosse de 15 centimètres de profondeur au fond de laquelle vous déposez un lit de sable avant d'installer les pavés. Si vous utilisez des petits éléments en granit de forme cubique, prévoyez une couche de tout-venant bien compacté pour conserver un niveau stable sur toute la longueur du sentier. Leur petite taille les rend peu stables et implique de les poser sur une assise ferme. Creusez une fosse de 20 centimètres dont vous remplissez les deux tiers d'un mélange de sable et de graviers. Compactez le tout-venant avec un rouleau ou une dame puis déposer une fine couche de sable de rivière sur laquelle vous placerez les pavés. Mais cette semelle n'empêchera pas les rangs extérieurs de s'affaisser s'ils ne sont pas maintenus. Pour les retenir, installez des voliges en bois enfouies dans la terre ou scellez les rangs extérieurs dans un socle en béton. Remplissez les vides entre les pavés avec du sable fin et aidez à l'infiltration des fins agrégats en passant plusieurs fois le balai. Terminez en l'aspergeant avec un jet d'eau fin qui fixera définitivement les pavés. ■

Réaliser une allée pavée

La pose sur béton

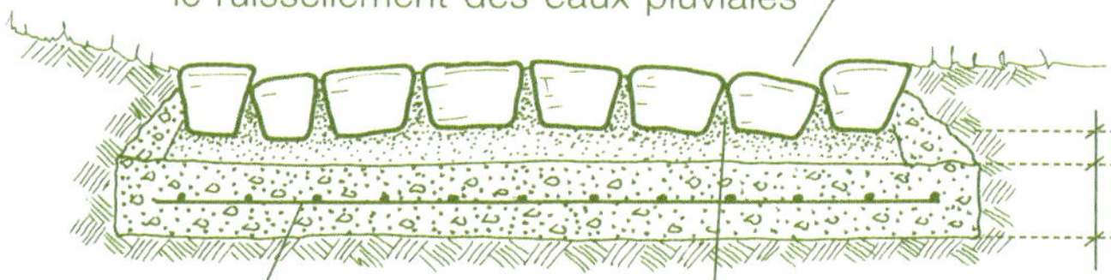

La pose sur tout-venant ou sur sable

Les différents modes de pose

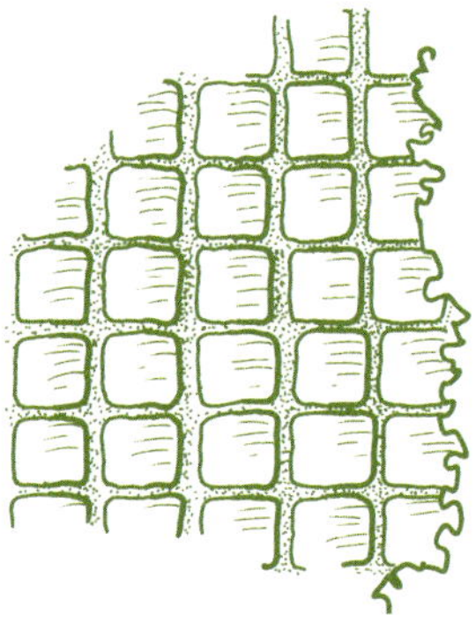

La pose en joints continus ou réguliers

La pose type « joints de pierre » ou décalée

1. Les gros pavés existent généralement en deux formats : carrés (20 x 20 cm) et rectangulaires (20 x 30 cm). Une différence que l'on peut mettre en valeur lors de la pose en disposant en alternance, comme ici, un rang de pavés rectangulaires et deux rangs de pavés carrés.
2. La pose mélangée des pavés engendre des joints irréguliers et discontinus, ce qui, dans le cas de sentiers rectilignes et sur d'importantes longueurs, trouble la perception de l'ouvrage en créant des ondulations.

1

2

Les passages sinueux

Plus larges et plus confortables, les passages en pavés sont aussi plus compliqués à réaliser. Reliant l'habitation à l'entrée de la propriété comme aux autres parties du jardin, leur largeur devra permettre le passage d'une personne munie de bagages ou de matériels de jardin comme une brouette ou une tondeuse. Ainsi, le passage oscillera entre 70 et 130 centimètres de large, et son parement, s'il est couramment fréquenté, devra être pratique à utiliser et à entretenir quel que soit le type de pavés.

Pour les passages comme pour les sentiers, toutes les formes, les matières et les dimensions sont utilisables, à commencer par les gros pavés en grès naturel. De couleur gris à blanc-gris, ils se parent de jaune ou de rose selon les régions et servent à la fabrication de pièces de 20 x 30 ou 10 x 10 centimètres. Composé de sable fin, le grès est une roche moyennement résistante au froid et, surtout, à l'usure. Sous l'action du gel et du dégel, mais aussi à la suite de fréquentations régulières, la surface des pavés se délite en fines particules et s'arrondit pour devenir parfaitement lisse et souvent même glissante. Cela n'est pas le cas du granit, qui décline de nombreux coloris de gris, gris-vert, gris-bleu ou de rose qui sont dus au mélange de quartz, de feldspath et de biotite, et dont la densité lui confère une excellente résistance au temps. Il est notamment utilisé pour la fabrication de pavés cubiques de 6 à 14 centimètres de côté et de pavés rectangulaires de 20 à 30 centimètres de long. Dans tous les cas, la pose s'effectue sur un lit de sable ou sur une semelle de mortier. Après avoir piqueté et creusé une fosse correspondant à l'emprise du parcours, il faut que vous stabilisiez le cheminement en y déposant un feutre de jardin en fibre géotextile imputrescible qui empêchera le sable, emporté par l'eau de pluie ou d'arrosage, de s'infiltrer dans le sous-sol et de provoquer des affaissements. Posez les pavés sur un lit de tout-venant compacté ou une semelle de béton et rebouchez les interstices avec du sable ou du mortier. ■

Règles de l'art

Pour permettre à l'eau de ruisseler sur les bords et éviter que ne se forment des flaques, vous pouvez bomber légèrement le centre de l'ouvrage.
Attention : c'est au moment de l'installation du tout-venant qu'il faudra penser à façonner ce profil convexe qu'épouseront ensuite les pavés lors de la pose.
Pour les allées et les placettes isolées, surélevez de préférence le centre afin que l'eau s'évacue équitablement de chaque côté.
Pour les terrasses attenantes à la maison, la pente doit toujours éloigner l'eau de la construction.

1 et 3. Les passages sinueux impliquent un mode de pose particulier des pavés. Avant de démarrer l'ouvrage, ces derniers seront classés par tailles : les plus étroits seront utilisés pour réaliser le centre de la courbe alors que les plus larges seront réservés pour l'extérieur des virages. En pratiquant une pose en rayons, vous obtiendrez un mouvement harmonieux du cheminement.
2 et 4. La pose des pavés en ligne sans sélection des éléments ou ordre particulier crée un parement composé de sections parallèles dont le dessin des courbes est irrégulier.
5. Les pavés anciens utilisés tels quels ou sciés en deux – mode contemporain de conditionnement – présentent une surface presque lisse et dépourvue d'aspérités, ce qui la rend plus glissante. Pour obtenir un niveau parfaitement plan, les joints seront remplis de mortier et lissés à la truelle. Dans le cas d'un passage sinueux, vous soulignerez le dessin de l'allée en démarquant les rangs extérieurs.
6. Les joints remplis de sable, en accueillant inévitablement des mousses ou des plantes, se dissimuleront sous la verdure. Celle-ci peut s'étendre à toute la surface et faire disparaître le parement.

1

2

3

4

5

6

1

2

3

1. À l'échelle d'un passage, les pavés de 20 à 30 centimètres de long créeront un effet proche de celui produit par des dalles de petite taille.
2. La pose du rang extérieur de pavés souligne le tracé d'un passage et permet aussi de délimiter nettement les contours d'une allée. Utilisez pour cela des pavés homogènes avant de garnir le centre de l'ouvrage avec des éléments plus irréguliers.
3. Posés et jointoyés avec du sable, les gros pavés de grès à la face bombée et usée constituent des allées d'aspect rustique dont le tracé sinueux est dû non pas au mode de pose mais à la végétation alentour qui déborde sur le passage.

Les passages rectilignes

Les formes géométriques et régulières des pavés accentuent le tracé rectiligne des allées et en facilitent grandement la pose. Il suffit alors d'installer les éléments en ligne en veillant à ce que les rangs soient parallèles. Si les pavés sont posés sur un lit de sable, les joints seront effectués avec le même matériau alors que s'ils sont placés sur une semelle de béton, le jointoiement se fera avec du sable fin ou du mortier. L'assemblage des pavés s'exécute de deux manières différentes qui produisent des effets distincts (voir page 60). La première consiste à installer les pavés – tous de la même dimension – en veillant à faire des joints parfaitement continus. Ils formeront des lignes ininterrompues dans un sens comme dans l'autre et soulignent l'effet géométrique et rectiligne de l'ouvrage. À l'inverse, pour rompre l'effet de quadrillage, la pose s'effectue en joints discontinus, dits joints de pierre. Les pavés sont posés en ligne mais, sur chaque rang, sont installés de manière alternée. Ainsi, les joints sont alignés dans un sens mais totalement décalés dans l'autre. L'entretien se limite au nettoyage du parement à l'aide d'un balai, et avec un jet puissant lorsqu'il est encrassé. Pour éliminer les mousses et les algues, qui apparaissent surtout à l'ombre, utilisez un nettoyeur à haute pression, mais uniquement sur les allées jointoyées au mortier : l'eau appliquée en jet puissant risque en effet d'endommager les joints de sable. ■

4. La pose des pavés en joints discontinus forme des rangs décalés et confère au passage un aspect campagnard et bucolique qui sied particulièrement bien aux ambiances romantiques ou naturelles.
5. Lorsque les joints sont continus, donc parfaitement alignés dans les deux sens, ils composent un quadrillage régulier qui donne du cachet à l'ouvrage mais demande beaucoup plus d'attention au moment de la pose. L'effet géométrique est plus adapté aux jardins contemporains et apporte une touche de modernité aux passages en pavés anciens récupérés.

4

5

Les voies, cours et placettes

Les pavés ne se limitent pas au parement des sentiers et des passages mais leur utilisation s'étend aux vastes surfaces comme les voies carrossables, les cours et les placettes. Des usages proches de ceux auxquels ils étaient destinés à l'origine puisqu'ils recouvraient les routes avant l'utilisation d'enrobés bitumineux. Mais si l'exécution d'un sentier ou d'un passage est relativement rapide et moyennement coûteuse, recouvrir de grandes surfaces représente un réel investissement tant en matériaux qu'en main-d'œuvre. Les voies, dont la largeur minimale est de 2,50 mètres, et les aires pavées sont empruntées par des véhicules lourds et imposent, de ce fait, une préparation du terrain plus importante. La terre, enlevée sur une épaisseur de 30 à 40 centimètres, sera remplacée par une couche de 20 centimètres de tout-venant déposée sur un feutre géotextile imputrescible. Celui-ci, tout en permettant à l'eau de s'infiltrer, empêchera le mélange de sable et de graviers de se disperser dans le soussol et la terre de remonter à la surface. Le tout-venant, nivelé et soigneusement compacté, constituera une assise stable et parfaitement de niveau pour poser les pavés. Ceux-ci seront installés sur une fine couche de sable tassé et calés un à un à l'aide d'une petite masse. Habituellement, les interstices sont remplis de sable fin dont on assure une bonne répartition sur toute la surface en passant plusieurs fois le balai. Pour parfaire l'infiltration et stabiliser l'ensemble, pulvérisez de l'eau en pluie fine sur tout l'ouvrage. Plus exceptionnellement, les joints peuvent être comblés avec du mortier afin d'assurer une imperméabilité irréprochable. Cela est fortement conseillé à proximité des habitations. Mais cette disposition implique que l'assise soit parfaitement tassée, ce qui n'épargne pas la reprise partielle du revêtement à la suite d'affaissements. Aussi, dans certains cas, il est conseillé de remplacer la couche de tout-venant par une chape de béton, pourvue, tous les 3 à 4 mètres, de joints dits de dilatation qui permettront à la structure d'amortir les mouvements de terrain éventuels. Hormis le nettoyage courant, une surface pavée n'exige aucun entretien particulier, si ce n'est la réfection des zones affaissées. ■

1. Les cours de ferme possèdent d'élégantes surfaces pavées participant au charme des lieux, mais les aspérités de la pierre rendent leur utilisation inconfortable.
2. Pour réduire la masse minérale que représente une voie carrossable dans un jardin, il suffit de créer deux bandes de roulement, correspondant au passage des roues, entrecoupées d'un ruban de gazon ou de plantes couvre-sol.
3. Avec le temps, les interstices se couvrent de mousses qui soulignent la trame des pavés et stabilisent les joints, empêchant l'eau de ruissellement d'emporter le sable.
4, 6 et 7. À l'inverse des gros pavés de ville, les petits éléments utilisés sur de grandes surfaces produisent un effet chic et très raffiné. La pose doit se faire sur un lit de tout-venant additionné de chaux ou sur une dalle de béton pour éviter tout affaissement. La pose en diagonale, dite en carré couché, apporte un cachet supplémentaire à l'ouvrage.
5. Le jointoiement des interstices avec du mortier est conseillé pour les terrasses et placettes situées à proximité des bâtiments afin d'assurer une parfaite étanchéité de l'ouvrage sans rendre pour autant la surface totalement plane.

1

2

3

4

5

6

7

Les belles associations

Quels que soient leur dimension, leur aspect ou leur origine, les pavés se marient bien avec tous les autres matériaux. Ces associations sont appréciées pour des raisons pratiques, car ces éléments s'insèrent facilement, du fait de leur petite taille, dans le maillage d'éléments de plus grande dimension. Le recours aux pavés permet de combler les vides laissés par l'utilisation de dalles aux bords irréguliers ou d'effectuer des raccords dans les virages et sur les bords. Mais ces petits cubes de roche sont surtout utilisés pour animer une surface et rompre la monotonie d'un parement réalisé avec un matériau unique. En harmonisant les couleurs et les aspects, les dallages s'embelliront de fines compositions de pavage insérées çà et là. Leur mise en place s'effectue tout simplement lors de la pose des dalles, tels des éléments « bouche-trous » qui remplissent les espaces vides. Mais elle peut aussi faire l'objet d'un assemblage plus sophistiqué, à l'image d'un canevas, et qui porte alors le nom de calepinage. Les motifs sont nombreux et reproduisent des ornements géométriques, des arabesques ou un damier, qui demanderont plus de soins et de temps au moment de l'installation. Dans ce cas, scellez la trame principale, réunissant des briques, dalles ou carreaux de terre cuite, sur un lit de béton et remplissez les espaces vides avec les pavés posés sur un lit de sable bien compacté. Si le passage est très fréquenté, il est conseillé d'additionner un peu de chaux au mélange pour lui donner plus de solidité. Certains interstices peuvent aussi rester libres et accueillir de la mousse ou des plantes couvre-sol. Lorsque les surfaces sont importantes, l'assemblage de matériaux et de pavés récupérés est une solution économique puisqu'elle réduit le coût aux seules dalles. ■

1 et 2. Les dalles carrées ou rectangulaires utilisées pour le parement d'une allée sinueuse imposent de les couper pour réaliser les virages. Afin d'éviter cette contraignante opération de coupe, il suffit de poser des sections dallées en les entrecoupant de sections pavées. Les pavés, grâce à leur dimension réduite, permettent d'exécuter des courbes tout en diversifiant le parement.

3. Les associations de matériaux couvrent des surfaces plus importantes à moindre coût, comme ici où les dalles en pierre naturelle disposées à la manière d'un passe-pied sont serties de pavés.

4. Dans certaines régions, les pavages sont réalisés à partir de galets plats ou coupés en deux. De dimensions variables, ils s'insèrent facilement dans les moindres interstices. Ici, ils prennent place dans un canevas de briques mais offrent une surface irrégulière, moins confortable à utiliser.

1

2

Les associations de dalles et de pavés

La pose de dalles et de pavés
de taille homogène

La pose de dalles et de pavés
de ville de taille irrégulière

3

4

Les pavés en pierre reconstituée

Très répandus au nord et à l'est de l'Europe, les pavés emboîtables, dits autobloquants, déclinent essentiellement des nuances de gris qui correspondent à la teinte du ciment utilisé pour les fabriquer. Certains modèles, teintés dans la masse, présentent des variantes de couleurs mais toujours les mêmes silhouettes anguleuses qui permettent de les emboîter et d'assurer un calage automatique. Leur utilisation s'oriente aujourd'hui vers le parement de vastes surfaces industrielles ou artisanales et s'éloigne progressivement du jardin particulier où ils sont remplacés par des modèles plus semblables aux pavés traditionnels. Réalisés à partir d'un mélange d'agrégats naturels et de ciment, ces pavés d'un nouveau genre sont ensuite pressés ou moulés. Selon le type de finition – lavés, teintés dans la masse, sablés, vieillis ou brossés –, ils se parent d'aspects très proches de la pierre naturelle et acquièrent, avec le temps, une patine qui les rend difficiles à distinguer des pavés classiques. Ils sont particulièrement résistants à l'usure, antidérapants et ne subissent pas les méfaits du gel. Leur mise en place se fait sur un lit de sable déposé sur une assise de sable et de graviers compactée, étalée sur un feutre de jardin. Les éléments sont généralement posés les uns contre les autres et calés par de fines particules de sable répandues sur la surface. La pose sur dalle de béton est possible lorsque le cheminement est destiné au passage de véhicules. ■

1. Dans les jardins particuliers, les pavés autobloquants sont progressivement remplacés par des pavés en pierre reconstituée aux effets plus décoratifs et proches des pavés traditionnels.
2. Les briques en terre cuite sont la matière première utilisée dans certaines régions. Elles offrent des parements élégants et raffinés mais glissants par temps de pluie.

1

Conseils

Les pavés en pierre reconstituée, dits à l'ancienne, reproduisent fidèlement, dans les tons et les formes, les pavés traditionnels. Ils se posent de manière identique et se patinent avec le temps. Mais pour accélérer cette patine et dissimuler rapidement l'aspect neuf, vous pouvez badigeonner les pavés avec une solution à base de yaourt ou de fumier dilué dans l'eau. Les ferments et les micro-organismes nourriront les mousses et les algues microscopiques qui recouvriront la surface du parement.

Les dallages en terre cuite

Matière chaleureuse aux multiples effets. La terre cuite, sous la forme de briques, est une matière traditionnellement employée pour le revêtement de sols dans les régions anglo-normandes et flamandes. Les assemblages sont multiples et produisent des effets soignés et élégants. Plus au sud, sur le pourtour méditerranéen, elle est utilisée pour la fabrication de dalles carrées, rectangulaires ou hexagonales qui ornent terrasses et placettes extérieures et déclinent des tons chatoyants. Mais cette matière, plus fragile que la pierre naturelle, s'écaille et s'use. Cette altération impose son remplacement après quelques décennies d'utilisation. ■

2

1

Les briques posées de chant

La brique, habituellement utilisée pour la construction de murs ou de palissades, est fréquemment détournée de sa fonction initiale pour orner les sols et créer ainsi un ensemble harmonieux entre l'habitation et le jardin. Les modèles utilisés pour la construction ne sont pas indiqués pour revêtir les surfaces horizontales car ils sont trop friables, très sensibles aux variations de température, notamment en hiver, et pourvus d'aspérités les rendant peu commodes à l'usage. Les modèles consacrés au parement d'allées et de terrasses sont cuits à forte température et pendant longtemps – cette particularité leur confère davantage de résistance aux effets du gel et du dégel. Les briques sont elles aussi plus étroites et plus agréables à fouler mais elles deviennent très glissantes et donc dangereuses, par temps de pluie ou lorsque, placées à l'ombre, elles se couvrent d'algues ou de mousses.

Les modes d'installation sont nombreux, le plus courant étant la pose de chant, debout ou sur la tranche. Chaque brique offre sa face la plus étroite au regard, ce qui apporte beaucoup de charme et de raffinement à l'ouvrage mais limite l'appareillage aux tracés rectilignes et géométriques. Leur forme régulière autorise de multiples combinaisons de pose mais elle exclut la création de courbes. Dès lors, les allées sinueuses réalisées en briques sont assez rares, bien qu'elles soient techniquement réalisables si l'on prend le temps d'ajuster l'épaisseur des joints. En revanche, on évitera d'utiliser ce matériau pour garnir de grandes surfaces ou créer trop de motifs fantaisistes, car la multiplication des joints et des détails fatigue le regard. N'hésitez pas à mélanger la brique avec de la pierre naturelle ou du bois : leur mariage participera à l'atmosphère chaleureuse du jardin. ■

1. Les allées en brique rouge, avec les mixed-borders, sont l'une des caractéristiques du jardin de style anglais. Les teintes flamboyantes de la terre cuite se marient bien avec le feuillage et les floraisons des plantes vivaces que l'on n'hésitera pas à laisser déborder sur l'allée pour en dissimuler les contours.
2. Pour rompre la monotonie des grandes longueurs, fractionnez le cheminement en insérant des traverses en bois ou d'anciennes bordures de trottoir qui, lorsque le terrain est en pente, assureront également la fonction de marches.
3. Pour animer les allées recouvertes de briques, alternez le sens de pose et installez une bordure sur les côtés qui souligne le contour du parement.

2

3

Les briques posées à plat

La pose des briques à plat ou couchées est moins répandue bien que plus rapide à réaliser. Comme pour la pose de chant, la mise en place de ces éléments légers, donc peu stables, s'effectue sur une couche de tout-venant compacté ou, mieux encore, sur une semelle de béton maigre de 8 à 10 centimètres d'épaisseur. Si le passage est très fréquenté, noyez dans le mortier des panneaux de fer à béton ou de grillage soudés qui limiteront la formation de fissures. C'est une fine couche de mortier étendue sur 3 à 4 centimètres d'épaisseur juste avant la pose des briques qui assurera leur stabilité et leur scellement définitif. Aussi ne rognez pas sur l'épaisseur de cette assise qui évitera qu'elles ne se déchaussent. Terminez en comblant les joints avec du sable fin ou un mélange sec réunissant 1 part de ciment pour 4 parts de sable. Répandez-le sur toute la surface et balayez pour l'insérer entre les briques. Avec l'humidité ambiante, ce mélange durcira et réunira l'ensemble des éléments en un même bloc. Après quelques jours, passez un coup de balai ou de jet faible pour ôter les résidus de sable et révéler la jolie surface des briques. Quant à l'entretien, il suffira de passer, à chaque printemps, un jet puissant qui élimine les mousses et les algues s'incrustant dans les anfractuosités des briques pour qu'elles retrouvent leur éclat d'origine. Pour éviter leur réapparition et rendre la surface moins glissante, appliquez un algicide. ■

1 et 4. Posées à plat, les briques sont moins stables et impliquent la réalisation d'une semelle de béton pour éviter qu'elles ne se déchaussent. Afin de pallier cet inconvénient, disposez de chaque côté du passage et perpendiculairement au sens de pose un rang de briques qui soulignera aussi le tracé de l'allée.
2. Les courbes sont obtenues en modulant l'épaisseur des joints, remplis de mortier ou de sable si l'on souhaite les voir disparaître sous un liseré de mousse.
3. Lorsque les briques sont posées sur une simple couche de sable et que le terrain n'est pas stable, l'allée finira par onduler.

Réaliser une allée pavée de briques

La pose sur sable

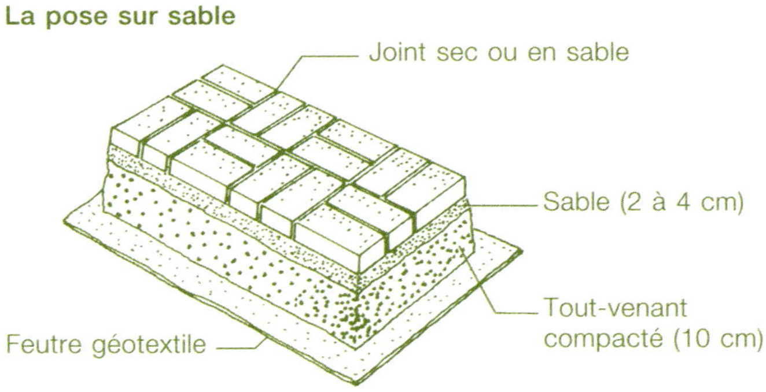

La pose sur béton

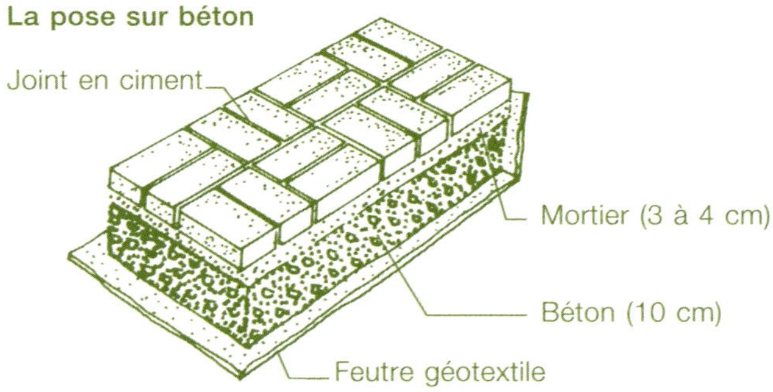

La calepinage des briques

La pose à plat

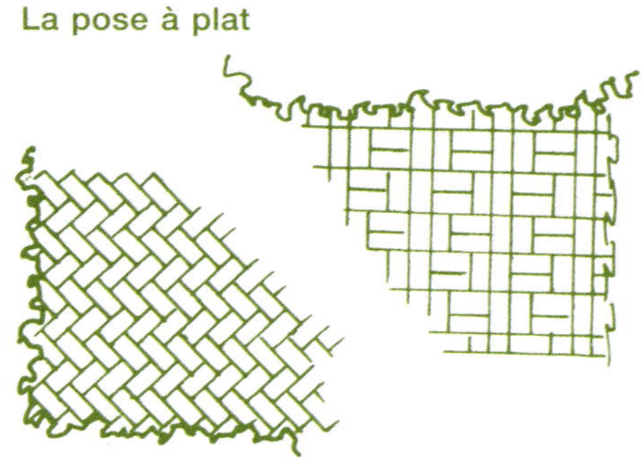

La pose de chant

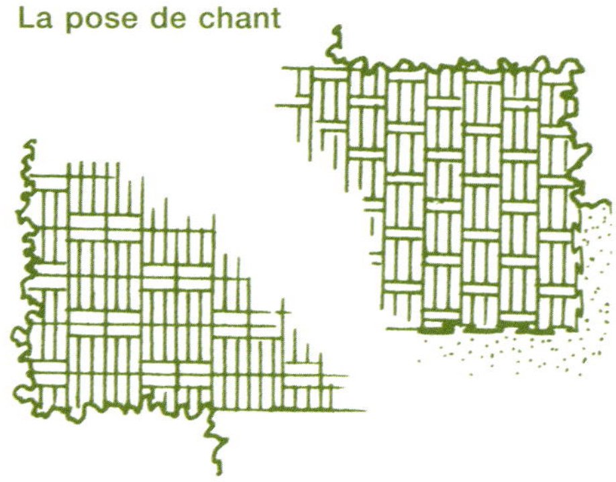

1

2

3

4

Les briques posées en diagonale

La pose en diagonale s'inspire d'une astuce connue en architecture et qui consiste à créer un effet d'optique destiné à élargir une surface en traçant au sol le plus possible de longues lignes. Quelle que soit la forme de l'espace, la diagonale représente la plus grande longueur. Il suffit donc d'ajuster la pose des matériaux pour l'obtenir et de la reproduire pour en multiplier les effets. Ainsi, en invitant le regard à se perdre dans cette multitude de rayures, on crée une impression d'espace. Appliquée aux revêtements de sol en brique, cette technique permet également de réaliser des virages et des courbes tout en conservant un calepinage homogène et ordonné. Les lignes resteront ainsi bien parallèles et droites, et les méandres se dessineront tout naturellement sur les bords, au niveau des éléments situés aux extrémités. Il suffit ensuite de dissimuler ces extrémités par une végétation choisie pour obtenir une allée sinueuse du plus bel effet. La pose des briques s'effectue sur une semelle de béton maigre et un lit de mortier, et chacune d'elles sera soigneusement installée en suivant le fil d'un cordeau. Cet accessoire, que l'on déplace au fur et à mesure de l'avancement des travaux, est indispensable pour conserver des tracés parfaitement parallèles d'un bout à l'autre de l'ouvrage. ■

1. La pose de briques en diagonale crée l'illusion d'une allée plus large qu'elle ne l'est en réalité et permet de réaliser un parcours sinueux tout en gardant des alignements bien parallèles.

1

Conseils

Les coloris des briques changent en fonction de l'origine de la terre glaise utilisée et les nuances peuvent elles aussi varier au sein d'un même lot. Pour éviter de vous retrouver avec des zones de couleur uniforme, approvisionnez-vous en différents endroits du stock afin de bien mélanger les briques et d'obtenir ainsi un panachage homogène des tonalités. Procédez à leur mise en place par temps sec, car l'eau sur la terre cuite uniformise ses nuances. Enfin, prévoyez 2 à 3 % de briques en plus pour remplacer celles endommagées par le transport ou qui présenteront des imperfections.

Des motifs originaux

2 et 4. La pose de chant et en damier habille une allée et transforme de simples briques de terre cuite en élégantes parures minérales qui s'intègrent parfaitement aux décors raffinés des jardins anglais.
3. Des briques de dimensions assorties permettent de nombreux assemblages, comme ici avec une pose à plat et en damier dont les joints creux envahis de mousses soulignent le calepinage.

La brique est l'un des seuls matériaux utilisable dans tous les sens. Elle permet de créer une multitude de motifs, des plus classiques, reprenant généralement des figures géométriques, aux formes les plus fantaisistes issues de l'imaginaire de leur créateur et nécessitant des coupes. Quoi qu'il en soit, certains assemblages reviennent plus souvent, comme la pose en chevrons ou celle en damier qui demandent une préparation du terrain identique aux poses précédentes. La seule différence réside dans le fait de disposer soigneusement les briques avant le scellement définitif afin de juger de leur effet. Les joints sont ensuite remplis avec du sable fin ou du mortier sec. Sachez que les motifs sophistiqués risquent de surcharger le décor et de lasser rapidement. Mais en s'inspirant du calepinage des lames de parquet ou en évoquant le dessin d'un tapis, ils donneront à la terrasse des allures de pièce supplémentaire prolongeant agréablement le séjour. À l'inverse, les simples alignements de briques, répondant à ceux des murs d'enceinte du jardin ou des bâtiments alentour, créeront un ensemble bien équilibré, à condition d'apprécier les rayures. Enfin, les motifs réalisés au sol ne seront mis en valeur que s'ils sont éclairés. C'est en effet par les jeux d'ombre et de lumière qu'ils révéleront leur dessin. Aussi, dans une cour ou un jardin peu lumineux, mieux vaut s'abstenir de créer des motifs sophistiqués que l'on ne distingue pas, ou mal, et qui risquent d'assombrir les lieux. ■

2

3

4

Des assemblages originaux

Comme les pavés, les briques gagnent à être associées à d'autres matériaux pour composer des patchworks de matières, de teintes et de formes. Dans un jardin, l'utilisation de différents matériaux pour revêtir le sol permet aussi de différencier les espaces. Ainsi, sur une terrasse ou dans une courette, on pourra distinguer les zones de repos ou le coin repas de celles réservées à la circulation rien qu'en observant le sol et les matériaux qui le composent. Dans ce cas, par exemple, la brique sera exclusivement affectée aux allées alors que les dalles en pierre naturelle délimiteront les aires de détente. Outre ses teintes chatoyantes, la brique est intéressante pour ses dimensions réduites et souvent standardisées qui lui permettent de s'insérer partout. Posée de chant ou à plat, entière ou coupée, elle se faufile entre les dalles, les pavés, les gravillons et les galets pour former des parements originaux et chaleureux. La pose est simple, elle s'effectue sur un lit de sable déposé sur une couche de tout-venant compacté. Seule la différence d'épaisseur entre la brique et les autres matériaux peut présenter une difficulté lors de la pose. Vous pouvez compenser cette différence tout simplement en ajoutant ou en supprimant quelques centimètres de sable : l'objectif reste d'obtenir une surface parfaitement plane et stable. ■

Conseils

Assemblez toujours des matériaux de même aspect, voire de même époque. Si vous possédez de vieilles dalles en pierre naturelle, tentez de les assembler avec des briques anciennes en terre cuite récupérées sur un chantier de démolition. À l'inverse, si vous utilisez des dalles en béton ou en pierre reconstituée, associez-les à des briques en terre cuite de fabrication récente. Ainsi, dans un cas comme dans l'autre, les matières et leurs coloris s'harmoniseront bien mieux et, surtout, se patineront au même rythme en produisant un effet homogène.

1. À la manière d'une ponctuation, ces dalles en pierre calcaire rythment par leurs teintes et leur forme carrée ce passage revêtu de briques posées à plat et jointoyées avec du sable. Une idée d'assemblage lorsque l'on possède quelques dalles anciennes, mais pas suffisamment pour recouvrir la totalité d'un passage.
2. Les chantiers de démolition permettent de récupérer des briques et des tomettes qui, débarrassées de la chaux, produisent de jolis assemblages de matières et de teintes. Ici, les pièces récupérées sont sommairement placés sur un lit de sable en attendant d'être soigneusement jointoyées avec un mélange de sable et de chaux.
3. Sur ce chemin composé d'un rang de briques posées à plat s'intercalent des sections de dalles qui cadencent le parcours.
4. Ce sentier de briques entrecoupé à intervalles réguliers de larges dalles en pierre naturelle crée des séquences et participe à la mise en perspective de l'allée : le mariage tout en charme et en finesse de la pierre, de la terre cuite et du végétal.

1

2

3

4

1

Les dalles en terre cuite

Les dalles en terre cuite sont exclusivement réservées aux régions à climat doux car elles redoutent les grands froids qui endommagent la matière sous l'action du gel et du dégel. Seuls quelques éléments réalisés en terre cuite d'Impruneta, en Italie, possèdent de réelles capacités de résistance au gel acquises après plusieurs jours de cuisson mais entraînant un surcoût des fournitures. Les dalles en terre cuite composent d'élégants parements dont les tonalités varient selon l'origine de la terre utilisée, du rouge sombre au jaune en déclinant toutes les nuances d'orange et de rose. Les mariages sont souvent difficiles à réussir. Dès lors, sur une surface réduite, privilégiez les teintes uniformes et homogènes pour ne pas créer un décor trop bariolé. Mais sur de grandes surfaces ou lorsque l'architecture des bâtiments s'y prête, vous pouvez diversifier les couleurs comme la forme des dalles. La mise en place d'un dallage en terre cuite demande beaucoup de soins et de savoir-faire. Il faut réaliser une assise de béton, ajuster et sceller les dalles et exécuter les joints avec minutie. Il est préférable de vous adresser à une entreprise de maçonnerie, car le résultat final ne supporte aucune imperfection. Les carreaux en grès cérame émaillé s'avèrent moins coûteux que les authentiques dalles en terre cuite mais, pâtissant de leurs effets factices, ils n'offrent que de tristes imitations. ■

2

1 et 2. Les allées et terrasses recouvertes de dalles en terre cuite offrent de jolies surfaces prolongeant agréablement l'habitation, mais ce matériau sensible aux écarts importants de température ne pourra s'utiliser que dans les régions à climat doux. Ici, l'alternance de dalles carrées en terre cuite jaune des Landes et de terre cuite rose de Toulouse compose de délicats motifs qui répondent à la position des ouvertures de la demeure.

Les dalles

Un dallage pour chaque jardin. La dalle est l'élément le plus utilisé pour revêtir un sol et généralement tous les jardins en possèdent. Choisir un dallage dépend du style de la maison et du jardin, mais aussi du budget dont vous disposez. Les prix sont aussi diversifiés que l'aspect des dalles, qui vont des simples éléments standardisés en béton aux pièces uniques en pierre naturelle, taillées sur mesure ou encore récupérées. Il y en a pour tous les goûts mais la tendance semble privilégier la dalle en pierre reconstituée, qui allie un bel aspect et une facilité d'installation pour un coût abordable. ■

2

3

4

1. Les dalles de granit épaisses et massives alourdissent le décor. Pour apporter une note de légèreté, diminuez l'emprise de l'allée en implantant, sur les bords, des corbeilles de fleurs qui rogneront la surface minérale pour ne laisser paraître qu'un sentier étroit.

2. Les pierres de récupération disposées sommairement à même le sol composent un dallage rustique particulièrement adapté au style des jardins sauvages mais pas toujours confortable à utiliser du fait des joints creux.
3. En espaçant les dalles, les joints s'élargissent et peuvent accueillir des plantes à fleurs qui transformeront une placette en dallage fleuri.
4. Lorsque le dallage est posé sur du sable, quelle que soit la nature du sol, l'écart se creuse inévitablement entre les dalles après quelques années et les joints s'élargissent. Il faut alors envisager de rénover l'ouvrage ou de le conserver en l'état en comblant les joints à l'aide de plantes.

La pierre taillée à joints secs

La pierre naturelle reste, sans conteste, la matière la plus noble mais aussi la plus facile à intégrer dans un jardin. La matière première est extraite de carrières situées en Europe ou sur d'autres continents et est acheminée par voie maritime. C'est le cas, par exemple, des dalles et des bordures de trottoir en granit dont l'extraction et le façonnage s'effectuent en Chine !

La texture de la pierre, la résistance à l'usure comme au temps et sa facilité de mise en place varient selon la roche utilisée et sont autant de critères à prendre en compte. La couleur reste le caractère le plus sollicité. Parmi les teintes les plus sombres, l'ardoise d'Angers, allant du noir au gris anthracite, et l'ardoise de Bretagne, aux reflets violet-bleu, produisent des dalles géométriques ou irrégulières dont les bords sont taillés ou sciés. D'un bel aspect, à la fois chic et sobre, elles sont cependant glissantes par temps de pluie. Elles se posent sur une chape de béton pour les plus fines ou sur un lit de sable pour les plus épaisses. Moins sombre mais toujours parmi les teintes foncées, le granit décline de nombreuses tonalités de gris, gris-bleu ou gris-vert et le quartzite des nuances de gris argenté. Ces matériaux sont très résistants à l'usure, au gel, et particulièrement recommandés en climat humide. Les dalles sont épaisses, de forme irrégulière ou géométrique et taillées à la main ou sciées. Elles se posent sur un lit de sable ou une chape de béton.

Les couleurs claires réunissent les beiges teintés de jaune comme la pierre calcaire dite de Bavière, très résistante à l'usure mais un peu moins au gel, la pierre dite romane antique à veines colorées et la pierre rose provençale, émaillée de rose et de violet. Toutes produisent des dalles épaisses, de forme géométrique ou irrégulière, taillées ou sciées. C'est également le cas de la pierre dite de Côte-d'Or, qui possède une grande résistance au froid et décline des coloris ocre, crème ou rouge. Les tonalités de rouge et de rose sont représentées par le grès rose des Vosges, la pierre rouge de l'Estérel ou la pierre de la Rhune. La roche la plus claire est une pierre calcaire blanche à gris-beige : ■ ■ ■

■ ■ ■

le comblanchien. Les dalles, de forme carrée ou rectangulaire, sont taillées à la main et leurs bords sont laissés bruts. Leur coût est sensiblement plus élevé. Lorsqu'elles sont sciées, les bords ou rives sont parfaitement droits et lisses. Épaisses et lourdes, les dalles en pierre naturelle ne sont pas scellées et se posent simplement sur un lit de sable compacté.

Les joints sont dits secs car uniquement remplis de sable. Ils disparaîtront sous un liséré de mousse ou de plantes vivaces, plantées ou apparues spontanément, ce qui donnera à l'ouvrage une allure champêtre. Un effet de style que l'on pourra souligner en espaçant les dalles pour créer des joints larges garnis de plantes à fleurs. ■

Conseils

Il existe deux modes d'approvisionnement : les chantiers de démolition et les magasins de matériaux. Les dalles récupérées possèdent une patine qui donne plus d'authenticité à un jardin récent. Bon nombre de fournisseurs de matériaux anciens et antiquaires en proposent à un coût parfois élevé, ce qui motive certains propriétaires à les récupérer sur un chantier de démolition. Cette solution ne doit pas faire oublier que les opérations de nettoyage, de manipulation et de transport représentent un coût non négligeable.

1. Bordées de lupins, les vastes dalles de cette allée ont été volontairement espacées pour échapper à l'effet trop minéral du parcours, et les joints accueillent un tapis de sagines.
2. La pose à l'anglaise consiste à répartir les dalles comme elles viennent pour composer un dallage sans ordre apparent, associant des pièces de toutes tailles.
3. La pose à l'antique comprend des rangs de dalles de même largeur mais dont la longueur diffère d'une pièce à l'autre. Cet assemblage donne du rythme et une certaine harmonie au passage.

1

2

Réaliser un dallage en pierre taillée

La pose sur béton

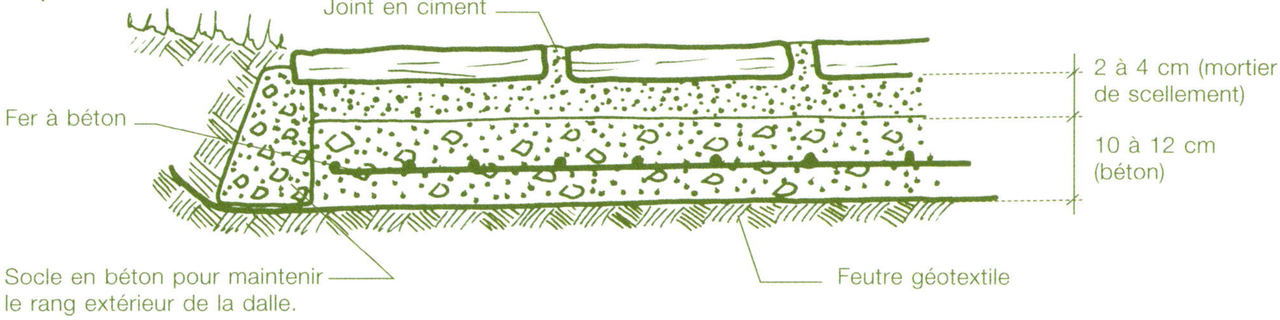

La pose sur sable

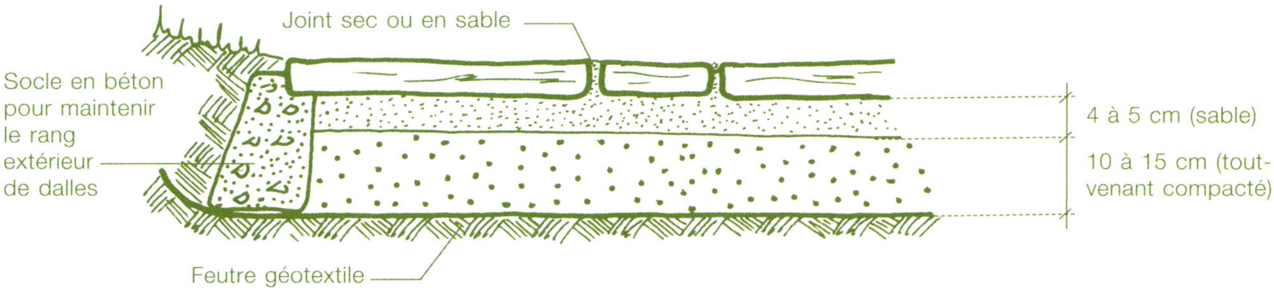

Les différents modes de pose

La pose à l'antique

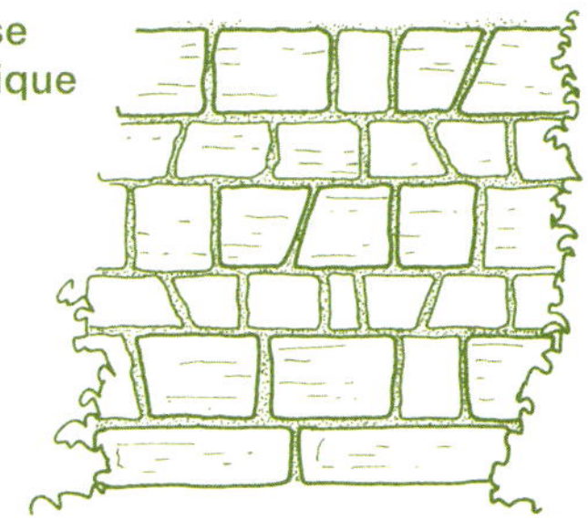

La pose à l'anglaise

3

La pierre taillée et jointoyée

Une dalle jointoyée offre une surface parfaitement imperméable et doit impérativement être posée sur une chape de béton. En effet, les joints remplis de mortier ne tolèrent aucun mouvement de terrain qui risquerait de fissurer l'ouvrage et d'en rompre l'étanchéité. Commencez par creuser sur l'étendue de l'allée ou de la placette une fosse de 15 à 20 centimètres de profondeur. Déposez ensuite des panneaux de treillis soudés pour solidariser l'ensemble de l'ouvrage et empêcher toute formation de fissures. Coulez enfin une couche de béton sur 10 à 12 centimètres et nivelez la surface en lui donnant une pente de 1 à 2 %, c'est-à-dire de 1 à 2 centimètres de déclivité par mètre. Cette inclinaison, toujours orientée à l'opposé du bâtiment, permettra à l'eau de pluie de ruisseler vers le jardin et évitera la formation de flaques d'eau. Réalisez cette dalle avec soin en vous assurant que les niveaux sont justes et que sa surface est bien plane, ce qui facilitera la pose des dalles. Ces dernières seront placées selon l'ordre choisi, à l'anglaise ou à l'antique, sur un lit de mortier qui permettra de les caler parfaitement d'aplomb et qui, en séchant, en assurera le scellement définitif. Les joints seront comblés de mortier et lissés à la truelle. ■

1

1. Les allées dallés et jointoyés offrent une surface soignée qui ne s'intègre pas dans tous les jardins. D'une largeur de 80 centimètres, cette allée rassemble une succession de rangs composés de deux dalles de longueurs différentes afin de ne jamais avoir des joints qui se croisent.

2. Les dalles rectangulaires de cette allée, de dimensions identiques, ont été posées en quinconce. Un rang sur deux, les vides sur les côtés ont été comblés par un calepinage de briques en terre cuite qui anime la surface et évite la laborieuse opération de découpe des dalles.

2

3. Au cœur d'un mixed-border, les dalles rectangulaires en pierre de Bourgogne reconstituée produisent l'illusion parfaite de pierres naturelles taillées. Sur d'importantes longueurs et pour rompre les alignements, intercalez, comme ici, quelques rangs de pavés.
4 et 5. Flammées d'argent, ces dalles en béton teinté et moulé produisent un effet un peu vif que le temps ne manquera pas de patiner. Ici, les bords ne sont pas alignés mais se terminent en créneaux, ce qui épargne la fastidieuse découpe des dalles. Une finition qui donne au tracé une allure moins stricte.

La pierre reconstituée

Comme son nom l'indique, la dalle en pierre reconstituée est une recomposition de roche à partir de différents agrégats naturels, de sable et de ciment, moulés et teintés dans la masse. Le résultat obtenu est très proche, tant par la couleur que par l'aspect, de la pierre naturelle. Référencé également sous l'appellation de béton moulé, ce type de matériau connaît un succès grandissant car il permet de réaliser des dallages qui ressemblent à s'y méprendre aux dallages anciens, et ceci à un coût très raisonnable. De plus, les éléments sont résistants au gel et les parements à l'usure. Enfin, les formes et les dimensions très variées offrent une multitude de possibilités d'assemblage.

La pose de ces dalles s'effectue de manière identique à celle des dalles en pierre naturelle, c'est-à-dire sur un lit de sable lorsque les dalles ont une épaisseur supérieure à 3,5 centimètres et sur une chape de béton si elles sont plus fines. Les joints seront réalisés avec du mortier ou remplis de sable pour un effet plus rustique. Le vieillissement naturel donne à ces dalles une patine proche de la pierre naturelle, mais il est possible de retrouver les coloris d'origine en effectuant un nettoyage au jet puissant. Pour éviter le développement de mousses dans les zones ombragées et protéger la surface des taches, appliquez un enduit hydrofuge qui préservera durablement la pierre. ■

3

4

5

Les gravillons lavés

Les dalles en gravillons lavés sont fabriquées à partir d'un mélange de sable, de gravillons et de ciment déposé dans un moule. Mais, à la différence de la pierre reconstituée, qui est laissée telle quelle au terme du moulage, la face principale des dalles en gravillons lavés est, comme leur nom l'indique, soigneusement nettoyée. Ainsi, les particules de sable et le ciment sont éliminés et il ne reste que les gravillons. Ces derniers, en fonction de leur origine, de leur granulométrie et de leur teinte, donneront différents aspects au parement. La pose est identique à celle des dalles en pierre reconstituée et l'entretien se limite à nettoyer la surface avec un jet. ■

1. Une surface recouverte de dalles en gravillons lavés produit le même effet qu'une allée de gravillons mais sans les inconvénients de l'éparpillement et du ratissage des petits cailloux.

1

Le béton brossé

Le béton coulé sur place est le moyen le plus économique pour réaliser une allée durable et solide. Mais cette matière reste peu attrayante et de bien triste allure pour un jardin d'agrément, aussi quelques astuces permettront d'égayer sa surface et de lui donner une note de modernité. Pour sa mise en place, commencez par marquer à l'aide de piquets l'emprise de l'allée ou de la placette avant d'enlever la terre sur une épaisseur de 15 à 20 centimètres. Répandez une couche de 8 à 10 centimètres de graviers pour créer une assise puis réalisez un coffrage temporaire à l'aide de planches en bois. Ce gabarit dessinera les contours de l'allée ou de la placette, mais surtout, il retiendra le béton au moment de sa mise en place ; vous l'enlèverez lorsque celui-ci aura durci. Vous pouvez aussi réaliser des bordures définitives en pavés, en briques ou en béton, qui resteront en place et souligneront les limites de l'ouvrage. Déposez ensuite un mélange homogène et liquide de sable, de gravillons et de ciment, puis nivelez à l'aide d'une règle de maçon. Laissez prendre quelques heures puis amusez-vous à tracer des lignes, à dessiner des motifs ou à graniter la surface avec un râteau. Mieux encore, balayez la surface à l'aide d'un balai-brosse en paille de riz, vous obtiendrez ainsi des rayures, des cannelures ou des sillons plus ou moins prononcés selon la pression exercée. Le béton brossé est un parement original et antidérapant. Pour animer sa surface, incrustez des objets de récupération, des morceaux de céramique ou des billes de verre qui scintilleront à la lumière du jour ou à la lueur de bornes lumineuses. ■

Règles de l'art

Pour renforcer la résistance d'une dalle, il faut noyer dans le béton des panneaux de treillis en acier. Pour éviter la formation de fissures, la chape doit être coulée sur une épaisseur de 10 centimètres au minimum. Enfin, il est conseillé, pour une allée, de créer un joint de dilatation tous les 3 à 4 mètres en enfouissant simplement une planche en bois dans le béton et, pour les grandes terrasses, de diviser la surface en plusieurs morceaux de 4 x 4 mètres également séparés par des joints de dilatation.

2. La souplesse d'utilisation du béton permet de créer toutes les formes d'allées, comme ici où le parcours sinueux épouse les courbes des massifs. Pour réaliser le coffrage, il suffit d'utiliser des voliges, moins épaisses que les traditionnelles planches de coffrage, et de leur donner, après les avoir humidifiées, la forme souhaitée.

2

La pierre naturelle non jointoyée

Les parements en pierre naturelle se composent de dalles non taillées, utilisées brutes et portant l'appellation courante d'*opus incertum*. Le principe consiste à les assembler, telles quelles, comme les pièces d'un puzzle sans en modifier les contours. Il faut pour cela beaucoup d'imagination et surtout réussir à les imbriquer les unes avec les autres en faisant correspondre les dimensions des côtés et le degré d'ouverture des angles. Des principes auxquels s'ajoutent quelques règles d'or, telles que répartir harmonieusement toutes les tailles de dalle ou éviter de créer des joints en croix ou trop larges. Lorsque la pose s'effectue sur une couche de tout-venant et que le passage est utilisé uniquement par des piétons, les joints, remplis de sable, sont appelés joints secs. Ils pourront, avec le temps, accueillir des mousses ou des plantes tapissantes qui les feront disparaître et recouvriront partiellement les dalles. Cet effet, recherché dans les jardins naturels, peut sembler négligé dans les réalisations plus soignées où il faudra appliquer, à chaque printemps, un désherbant chimique pour éliminer toute trace végétale. Mais les joints ne sont alors plus protégés des battements de la pluie. Pour en réduire les méfaits, il suffit de poser les dalles bord à bord, ce qui implique quelques ajustements au burin, ou bien de les sceller au mortier. ■

1 et 2. La pose en *opus incertum* est fréquemment rencontrée dans les jardins pour revêtir des allées piétonnes. Elle s'effectue sur une simple couche de sable compacté et n'impose pas de découpe des dalles : celles-ci sont utilisées telles quelles et imbriquées les unes dans les autres. Avec le temps, les joints se creusent et devront être comblés avec du sable.
3. Lorsque les dimensions des dalles sont trop disparates, il est conseillé de placer les plus grandes sur les côtés pour qu'elles soient, en partie, dissimulées par la végétation alentour qui en réduira l'importance.
4. Si le passage est fréquenté par des voitures, la pose des dalles s'effectue sur une couche de 20 à 30 centimètres de tout-venant compacté et additionné de chaux, ce qui lui donnera une résistance suffisante pour supporter le poids des véhicules. Ici, les dalles de granit n'ont pas été jointoyées afin de laisser l'herbe se développer et dissimuler progressivement le parement.

Réaliser un dallage en pierre naturelle

La pose sur sable

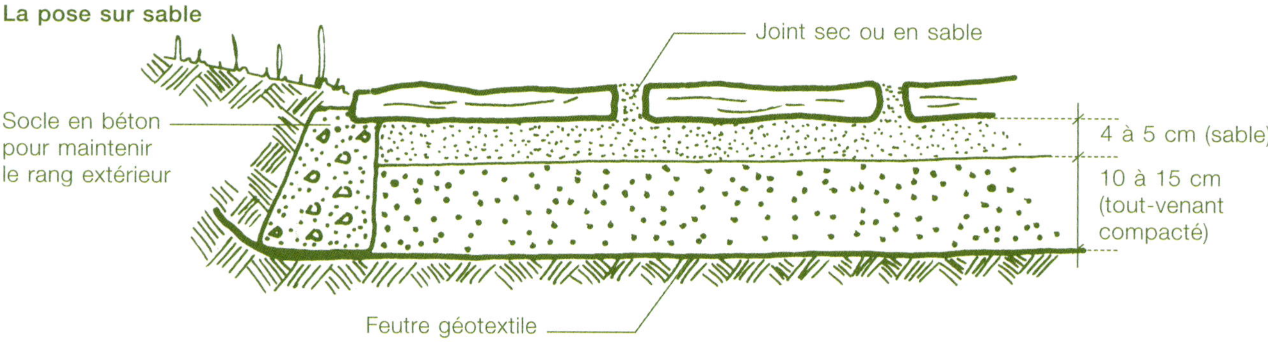

Les différents modes de pose

Pose en « opus incertum » non taillé

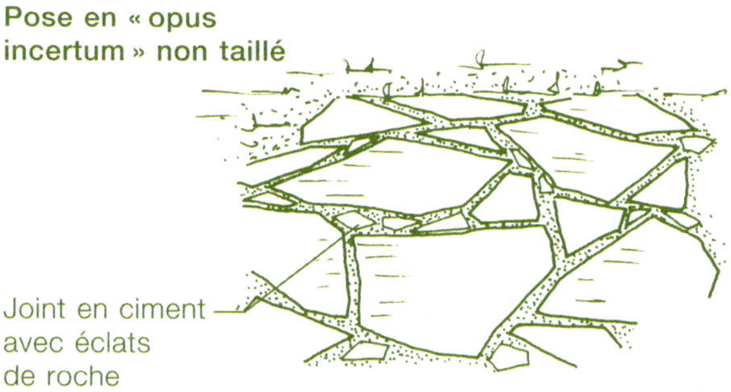

Pose en « opus incertum » taillé

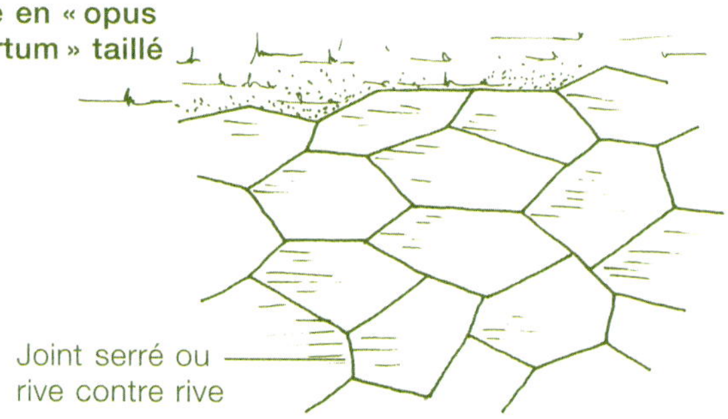

1

2

3

4

La pierre naturelle jointoyée

Le jointoiement des dalles impose de les installer sur une chape de béton afin de limiter la formation de fissures et d'assurer une parfaite imperméabilité du parement. Cette dalle, épaisse de 10 à 15 centimètres, est réalisée sur toute la surface de l'ouvrage. Elle sera consolidée par l'enfouissement dans la masse du béton de panneaux de treillis en acier et entrecoupée de joints de dilatation qui absorberont les mouvements éventuels du terrain. Ces joints seront réalisés tous les 16 m^2 pour une terrasse ou tous les 3 à 4 mètres pour une allée. Comme pour les dalles posées à joints secs, les pierres sont utilisées comme elles se présentent, sans aucun ajustement ni découpe. Un lit de mortier de 2 à 3 centimètres est répandu sur la chape de béton, puis chaque dalle est placée d'aplomb à l'aide d'un niveau et calée avec un maillet avant d'être définitivement scellée. Le remplissage des interstices sera effectué quelques jours plus tard, avec un mélange de sable et de ciment, qui donnera des joints gris, ou de sable et de chaux, qui produira des joints de couleur beige. Tous seront soigneusement lissés pour assurer une parfaite étanchéité et acheminer l'eau de ruissellement en périphérie de l'ouvrage. L'entretien se limite au nettoyage régulier du parement avec un jet puissant et à l'application d'un algicide à chaque printemps, qui réduit le développement d'algues et de mousses en situation ombragée. La surface pourra aussi être protégée par un enduit hydrofuge. ■

Conseils

Pour les allées et les terrasses, notamment celles accolées à l'habitation, il est recommandé de créer une légère pente de manière à éloigner l'eau des bâtiments. Cette déclivité, correspondant à 2 centimètres par mètre linéaire, suffit pour faire ruisseler l'eau de pluie et éviter la formation de flaques qui altèrent la pierre et les joints. Lorsque ces derniers sont endommagés ou présentent des fissures, il est prudent de les rénover sans attendre car l'eau, en s'infiltrant, accélère le processus de dégradation.

1

2

3

4

1 et 2. Pour révéler les contours des dalles de couleur sombre, utilisez un mortier confectionné à partir de sable et de chaux, qui produit des joints beiges. À l'inverse, lorsque les dalles possèdent des tonalités claires, le ciment teinte les joints de nuances argentées.
3. L'ardoise de Bretagne, prélevée dans une roche schisteuse, se divise facilement en plaques qui déclinent différentes tonalités de brun et de violet-bleu.
4. Les dalles de couleur rose comme le grès des Vosges ou le marbre du Portugal offrent des parements lumineux lorsqu'ils sont neufs, mais qui ternissent avec le temps.
5. Les dalles en pierre calcaire jaune sont utilisées sur le pourtour méditerranéen, en Provence et dans le Sud-Ouest, mais sont peu résistantes au gel. Ailleurs, il est préférable de remplacer cette pierre par celle de Côte-d'Or, beaucoup plus résistante aux effets du gel et du dégel.

Les pas japonais

⁂ **Des cheminements tracés en pointillés.** Dans un jardin, en marge du réseau d'allées bien dessinées et bien délimitées, il existe des passages plus secrets qui se perdent au cœur des massifs de fleurs, chevauchent des tapis de mousse ou cherchent simplement à économiser nos allées et venues en proposant des raccourcis. Parmi eux, le passe-pied, ou pas japonais, constitue une discrète succession de dalles permettant de se plonger dans les coins les plus retirés du jardin sans jamais perdre pied. Des passages en pointillés qui nous invitent à ralentir la cadence. ■

Les passe-pieds sur la pelouse

Pour qu'il s'intègre harmonieusement dans un décor romantique ou suive les courbes d'un massif, faites sinuer le pas japonais dans l'herbe et disposez les dalles en quinconce pour amplifier l'effet d'ondulation. Dans un jardin contemporain, alignez les dalles et tracez des chemins parfaitement rectilignes et parallèles aux lignes directrices de l'aménagement. Si le tracé d'un passe-pied ne s'improvise pas, les distances entre les dalles ne sont pas non plus le fruit du hasard. La moyenne de nos foulées étant de 65 centimètres, il est conseillé de respecter cette distance entre le centre de chaque pierre. Une modification de cet espacement en influence le rythme : plus les pierres sont rapprochées, plus celles-ci seront rapides ; à l'inverse, elles seront plus lentes lorsque les dalles sont éloignées les unes des autres. Dans ces deux cas, l'utilisation du passage sera particulièrement inconfortable, avec la désagréable sensation de devoir ajuster nos pas toutes les 3 ou 4 dalles. Les passe-pieds permettent de circuler dans l'herbe nimbée de rosée sans se mouiller les pieds. Lorsque le gazon est déjà en place, il suffit d'y encastrer les dalles après avoir supprimé l'herbe et une partie de la terre afin que le parement soit au même niveau que la pelouse. ■

La pose d'un pas japonais

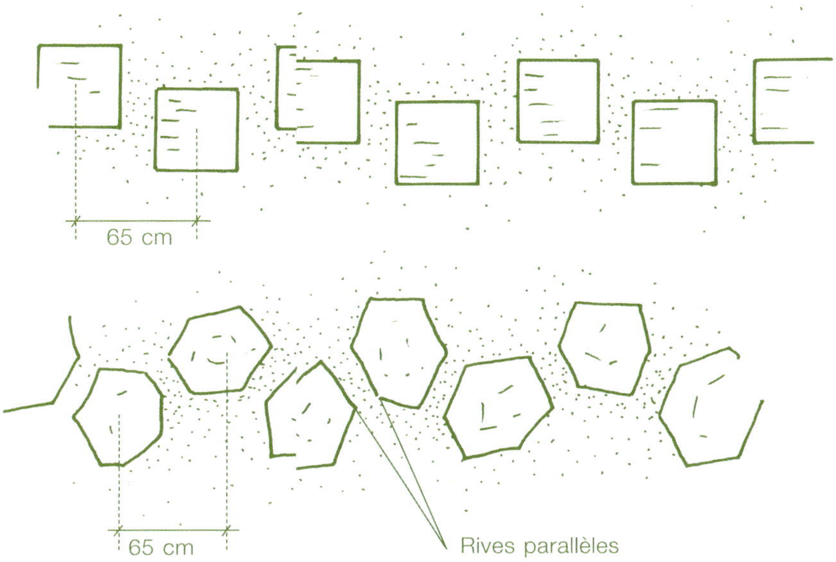

2

1 et 2. Sur la pelouse, l'entretien d'un passe-pied se réduit à nettoyer les dalles exposées à l'ombre, dont la surface se couvre d'algues et de mousses. Au printemps, il conviendra aussi de supprimer, à l'aide d'une bêche, les lambeaux de gazon qui empiètent sur la surface des dalles afin qu'elles retrouvent leur taille initiale.

Les passe-pieds sur la mousse

Dans les parties du jardin où la lumière fait défaut, la mousse occupe rapidement le terrain en déployant un tapis vert et soyeux. Pour circuler aisément sans endommager cet écrin, placez les dalles et dessinez leur empreinte en enfonçant le fer d'une bêche dans le sol. Ôtez-les et supprimez la bande de terre et de mousse sur une hauteur équivalente à l'épaisseur de la pierre plus 1 ou 2 centimètres. Déposez ensuite une couche de sable puis replacez les dalles, que vous calerez à l'aide d'un maillet. S'il reste des vides autour des pierres, rebouchez-les avec du terreau ou de la terre. ■

1. Un cheminement de pierre naturelle enveloppé de mousse évoque la finesse et la subtilité des jardins japonais. Chez vous, à l'ombre comme là où rien ne pousse, laissez la mousse s'installer spontanément ou plantez des espèces aux allures similaires comme la sagine ou l'helxine.

1

Les passe-pieds sur le gravier

Les pas en pierre (*tobi-ishi*) ont été créés au Japon vers le XVIe siècle à l'initiative de maîtres de la cérémonie du thé. Ce sentier minéral permettait aux invités de rejoindre, à pied sec, le pavillon de thé en traversant le jardin sans salir leur kimono. Mais, plus encore que cet aspect purement pratique, cet alignement de dalles avait pour objectif de tempérer l'empressement des hôtes à retrouver le maître des lieux en les obligeant à marcher sagement en file indienne. Ces anecdotes expliquent l'origine de l'appellation définissant ces passages discrets, désormais plus connus sous le terme de « pas japonais » que sous celui de passe-pied. Dans nos jardins, le pas japonais allie la discrétion à l'efficacité. Réservé aux cheminements secondaires, il permet d'atteindre des points du jardin qui ne nécessitent pas forcément la réalisation d'une allée traditionnelle, soit parce qu'elle serait trop contraignante à mettre en place, soit tout simplement parce qu'elle paraîtrait disproportionnée par rapport au reste du décor. Mais le pas japonais n'est pas exclusivement réservé aux passages secrets et allées de second plan, il offre un certain confort d'utilisation aux circulations principales lorsque celles-ci, revêtues de graviers, de sable ou de galets, sont plus ou moins instables ou salissantes. Comme pour les passe-pieds installés sur la pelouse, il n'y a pas de règle en ce qui concerne la forme et la dimension des dalles utilisées pour réaliser un pas japonais. Peu importe aussi le type de roche, l'essentiel est qu'elle ne soit pas glissante et qu'elle s'accorde avec le style du jardin. Privilégiez les matériaux nobles et de qualité, comme la pierre naturelle, taillée ou non, et le bois, pour les cheminements proches et visibles de la maison. Ne vous limitez pas aux traditionnelles dalles carrées mais innovez en utilisant des éléments rectangulaires comme des bordures de trottoir ou des plaques d'ardoise. Les sentiers moins en vue pourront se contenter de matériaux composites comme la pierre reconstituée et moulée, les gravillons lavés ou ▪ ▪ ▪

2

2. Les pas en pierre réalisés avec des dalles de granit ou d'ardoise et entourés de gravillons s'inspirent des jardins de sable rencontrés au Japon. Les pierres, assez grandes pour assurer une utilisation confortable, sont disposées en quinconce lorsqu'elles sont irrégulières, comme ici, ou alignées si elles sont de forme géométrique. Paisibles et sobres, ces passages donneront au décor un petit air nippon que l'on soulignera en les enveloppant de fougères, de mousses et de graminées. Pour compenser le tassement des gravillons qui fait ressortir les arêtes saillantes des pierres, ajustez le niveau tous les ans.

■ ■ ■

le béton. Pour réaliser un passe-pied sur un lit de graviers, commencez par enlever 6 à 8 centimètres de terre et nivelez le sol. Déroulez un feutre géotextile pour retenir les matériaux qui vous serviront à réaliser l'allée et empêcher la remontée de la terre. Déposez ensuite une couche de 3 à 4 centimètres de sable à l'emplacement des futures dalles, que vous positionnerez pour juger de leur effet. Posées en ligne ou en quinconce, elles devront être espacées de 65 centimètres. Stabilisez-les à l'aide d'un maillet avant de remplir la surface restante avec des gravillons ou du sable. Arrosez légèrement pour tasser et complétez si nécessaire avec des gravillons ou du sable afin d'aligner le niveau des dalles avec celui du gravier. ■

Règles de l'art

Pour réussir la réalisation d'un pas japonais, utilisez des dalles de 40 centimètres d'envergure au minimum et placez le centre de chaque pierre dans l'axe du cheminement. Lorsque les pierres possèdent des bords irréguliers, alternez les formes concaves et convexes en les emboîtant comme s'il s'agissait de pièces d'un puzzle et faites correspondre le côté plat d'une dalle avec celui d'une autre. Enfin, en jouant sur les dimensions des dalles, vous pourrez créer des illusions d'optique : les plus petites, placées au fond, amplifieront l'effet de perspective, placées devant, elles réduiront l'effet de profondeur.

1. Les dalles de forme géométrique, en pierre taillée ou en matériau composite, s'inscrivent plus naturellement dans un tracé rectiligne et régulier dont on animera l'effet en les disposant, comme ici, à la manière de losanges.
2. L'utilisation de toutes les formes de dalles est possible et ne change rien aux espacements entre les éléments. Dans cette variante originale, les longues pierres étroites serties de sable de rivière sont distantes, de centre à centre, de 65 centimètres, ce qui correspond à la moyenne de nos foulées.

1

2

Les passe-pieds dans un massif

Habituellement réservés aux cheminements installés dans une végétation à faible développement, comme l'herbe ou la mousse, les passe-pieds trouvent aussi leur place dans les grands massifs de plantes vivaces ou d'arbustes. Ils donnent la possibilité de déambuler parmi les végétaux et tracent des passages bien utiles pour accéder au cœur des plates-bandes à pied sec et sans abîmer les plantes. Ces sentiers en pointillés, rapidement enveloppés par la végétation, ne tardent pas à disparaître sous le feuillage, que l'on pourra laisser tel quel ou supprimer pour percevoir à nouveau le tracé. Optez pour un parcours sinueux qui contournera les sujets volumineux et serpentera parmi les buissons. Utilisez des dalles de moindre qualité, peu coûteuses mais peu glissantes, que vous poserez simplement à même la terre sans aucune préparation particulière. Le tassement naturel du terrain, provoqué par les pluies ou les arrosages, les aidera à bien se stabiliser. Il se peut qu'elles se trouvent, après quelques années, entièrement enfouies sous la terre, ce qui impose de les extraire pour les remettre au bon niveau. ■

3

3. Quelques dalles simplement posées sur la terre permettent de franchir une plate-bande sans s'embourber et facilitent l'accès au cœur du massif pour effectuer des interventions sur les végétaux. Un pas de pierre traversant un bosquet peut aussi être l'occasion d'une promenade débouchant sur un cabinet de verdure secret, coupé volontairement du reste du jardin pour qu'y règnent le calme et la sérénité.

Le bois

Dans la nature des choses. Les arbres et arbustes qui nous entourent sont en partie composés de bois sous une forme brute et originelle. Il est donc tout naturel de retrouver cette matière chaleureuse et vivante dans le jardin sous une forme travaillée et embellie par l'homme. Le bois est de plus en plus apprécié et utilisé, non seulement pour enjoliver et décorer le jardin mais aussi à la place de la pierre, dont l'apparence est souvent jugée trop froide et austère. Voici donc un juste retour des choses puisque le bois ouvragé côtoie désormais au jardin les essences plantées, pour le meilleur des effets. ■

1

Les planchers et pontons

Le bois est une matière vivante qui évolue au fil du temps en changeant de couleur sous l'effet du soleil ou se rétractant sous l'effet des conditions climatiques. C'est en cela qu'il est séduisant, mais aussi quelque peu inquiétant. Il est menacé par l'humidité, les insectes ou les champignons, et sa durée de vie n'est pas infinie. Elle dépend de la manière dont il est posé et entretenu, et surtout de sa densité. Parmi les essences les plus denses et donc naturellement résistantes, on compte les bois dits exotiques et originaires d'Indonésie (kempas, bangkirai) ou d'Amérique du Sud (ipé). Les essences résineuses (épicéa, mélèze, sapin de Douglas ou pin sylvestre) et les feuillues (acacia, châtaignier, chêne ou frêne), issues de forêts européennes, sont moins denses et ne durent bien que si elles subissent un traitement en autoclave ou par rétification. Le bois autoclavé est imprégné sous pression de produits au pouvoir insecticide et fongicide alors que le bois rétifié est chauffé progressivement à une très haute température qui modifie sa nature et le rend résistant aux agressions extérieures. Pour éloigner le bois de l'humidité du sol, les lames se fixent toujours sur des tasseaux posés sur des parpaings ou des plots à visser, ce qui laisse l'air circuler sous la structure. ■

1 et 2. Les allées en bois offrent de superbes parements de couleur brune, prenant avec le temps un aspect grisé qui se marie particulièrement bien avec les végétaux. On peut conserver la couleur d'origine en appliquant un traitement aussitôt après la pose.
3. La surface d'un plancher est rendue glissante par l'eau de pluie, l'humidité ambiante ou une exposition ombragée qui favorise le développement d'algues. Pour limiter cet inconvénient, les lames sont le plus souvent rainurées. Et sur celles qui ne le sont pas, vous pouvez dérouler et fixer un grillage à mailles fines (type grillage pour poulailler), qui empêchera toute glissade.

2

3

Réaliser un plancher en bois

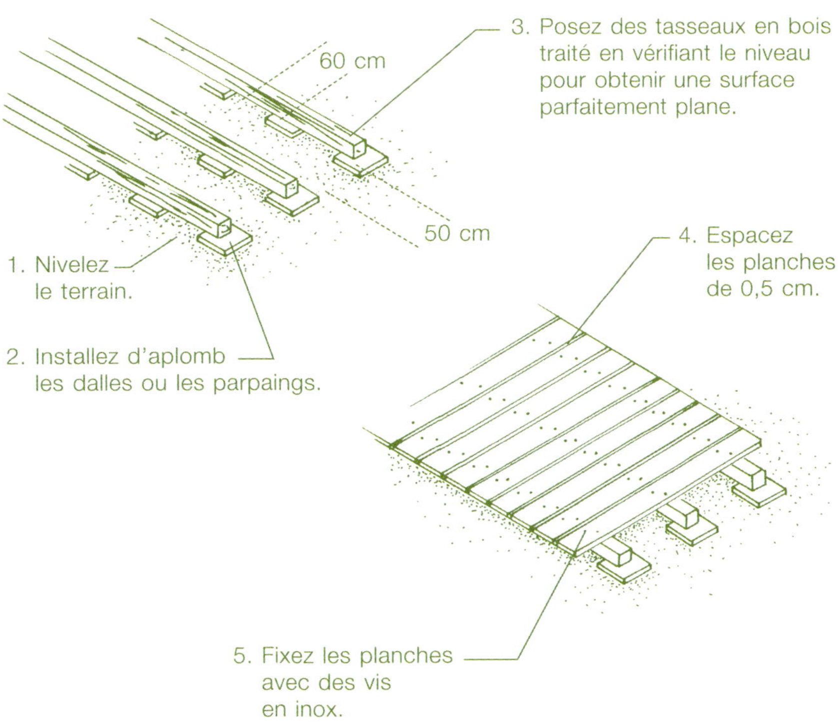

Les caillebotis

Fabriquées à partir d'épicéa autoclavé ou d'essences exotiques comme le bangkirai, les dalles en bois, ou caillebotis, permettent de réaliser facilement et rapidement un sentier ou une allée. Ces éléments (de 0,50 x 0,50 mètre, 0,50 x 1 mètre ou 1 x 1 mètre) réunissent plusieurs lames étroites et rainurées. Choisissez de préférence les modèles emboîtables et dont les lames sont fixées par des vis en inox sur deux ou trois traverses plutôt que par des agrafes, qui risquent de se détacher. Pour réaliser une allée en caillebotis, ne les posez pas directement sur le sol, car l'humidité les endommagerait rapidement. Placez-les bout à bout sur des tasseaux formant un quadrillage dense et reposant sur des dalles ou des parpaings. Aménagez cette structure porteuse avec soin en lui attribuant une assise stable, des dimensions précises correspondant au nombre de dalles à poser et un niveau constant, bien d'aplomb. Il suffit ensuite de poser ou visser les dalles en bois en alternant le sens de chacune pour obtenir un damier, ou les unes à la suite des autres pour créer un effet de plancher. Au fil des années, le bois se teinte de gris mais il peut être ravivé par un nettoyage au jet à haute pression ou à l'aide d'un produit dégrisant, suivi de l'application d'un enduit incolore et protecteur. À la longue, les intervalles entre chaque lame se remplissent de feuilles qu'un jet d'eau puissant élimine facilement. ■

Conseils

Les labels d'écocertification FSC (Forest Stewardship Council) et PEFC (Programme de reconnaissance des certifications forestières) garantissent que le bois que vous achetez est issu de forêts gérées dans le respect de l'environnement et des populations locales. Les bois autoclavés ou rétifiés sont résistants à l'humidité et à la pourriture. Les bois sont classés en cinq catégories : ceux de la classe III à V supportent d'être en contact permanent avec l'humidité. Ce sont eux qu'il faut choisir pour la construction de cheminements en plancher ou en caillebotis.

1

2

1 et 2. Les dalles en bois posées sur une armature tissent un réseau de sentiers très décoratif qu'il est facile de modifier tant ces modules sont légers et simples à replacer. Cependant, leur courte durée de vie dans un jardin impose de les renouveler tous les cinq à six ans. Un inconvénient auquel on peut remédier en utilisant des modèles en béton moulé et teinté, ressemblant à s'y méprendre aux véritables caillebotis en bois.

Les traverses de chemin de fer

Les pièces d'appui en bois qui supportent et maintiennent les rails des voies ferrées, appelées traverses de chemin de fer, sont couramment utilisées pour l'aménagement de jardins, notamment la réalisation d'escaliers et le revêtement de chemins. Le bois, imprégné d'une substance goudronnée, dégage une forte odeur mais résiste à toutes les agressions extérieures. Disponibles auprès de fournisseurs spécialisés, ces éléments, d'une longueur de 3 mètres, sont commercialisés soit avant usage, donc neufs, soit après quelques décennies passées sur les voies. Les premiers sont propres et possèdent des surfaces lisses et planes alors que les seconds portent les traces du temps : fissures, crevasses ou entailles. Ces dommages leur donnent une patine qui s'intégrera mieux dans un jardin de campagne ou un jardin sauvage que dans une création contemporaine.

La manipulation des traverses est pénible tant elles sont volumineuses et lourdes, et leur découpe l'est plus encore, tant le bois est dense. Elles sont souvent utilisées telles quelles, dans le sens de la longueur, et par deux, côte à côte, pour réaliser des sentiers ou bien alignées pour couvrir de plus grandes surfaces. La mise en place s'effectue sur une chape de béton bien que, souvent, un lit de sable compacté suffise : elles sont si lourdes qu'elles se stabilisent d'elles-mêmes. Pour ne pas chuter par temps de pluie, qui les rend extrêmement glissantes, fixez sur le parement un fin grillage galvanisé triple torsion. ■

3. Les traverses de chemin de fer usagées offrent des parements crevassés et burinés qui s'insèrent plus facilement dans les jardins de style champêtre et rustique.

4 et 5. Les traverses neuves se marient bien aux matériaux composites et au béton. Elles apportent une note chaleureuse tout en produisant un effet contemporain et novateur.

3

4

5

Les matières innovantes

Des allées écologiques. Depuis quelques années, les sols de nos allées se parent de matières détournées de leur utilisation initiale – tels les paillages de pierre ou de copeaux de bois. Les uns sont des matériaux de récupération, ou plus exactement la récupération de débris de matières transformées par l'homme, comme les éclats d'ardoise recueillis à la sortie des carrières. D'autres s'inscrivent dans la mouvance du recyclage, qui offre une seconde vie aux objets et aux matières. C'est le cas des briques et des tuiles concassées ou du verre pilé, qui ne sont pas toujours très confortables à utiliser bien que des plus écologiques. ■

1

Les matériaux détournés

Ces matériaux novateurs ou insolites ont souvent débarqué dans nos allées par hasard. Aujourd'hui, leur chemin est tracé puisqu'ils quittent les jardins d'expérimentation pour conquérir ceux des particuliers, qui les adoptent avec enthousiasme tant ils sont élégants et originaux, mais aussi parce qu'ils sont recyclés et participent à la sauvegarde de notre planète. Il en est ainsi des pétales d'ardoise, des briques et des tuiles pilées, du béton concassé, du verre broyé ou des copeaux de pneumatiques. D'autres ne sont que de pâles imitations de ce que nos ancêtres déposaient au pied des cultures pour économiser l'eau ou lutter contre les mauvaises herbes comme le paillage de paille, d'écorces, de cailloux. Leur utilisation implique de dérouler un feutre de jardin sur l'allée afin qu'ils ne se dispersent pas et ne se mélangent pas avec la terre végétale, au risque de la souiller. ■

Conseils

Certains matériaux sont encore commercialisés de manière confidentielle et restent onéreux à l'achat, aussi en attendant leur plus large diffusion n'hésitez pas à récupérer autour de vous des éléments insolites comme des aiguilles de pin, les fruits secs de certains conifères, des coquillages concassés polis par le roulis des vagues, de la sciure de bois, des éclats de pots de fleurs, des sarments de vigne déchiquetés, de la paille de roseau...

1. Les copeaux et les écorces ont été les premiers à franchir le seuil des allées pour les recouvrir d'un tapis souple et dégageant des odeurs de résine, qui, en se décomposant, enrichit la terre.
2. Issues des chantiers de démolition, les tuiles et les briques en terre cuite sont concassées, pilées puis calibrées avant d'entamer une seconde vie dans les allées et sur les placettes de nos jardins.
3. Certains matériaux, après concassage et récupération tels les pétales de tuiles produits par les carrières de schiste, ne sont pas toujours des plus agréables à fouler pieds nus. Pour les rendre fréquentables, il faut les accompagner d'un passage dallé à la manière du pas japonais ou d'un chemin en traverse, mis bout à bout.

2

3

Annexes

Index des plantes en français

Les chiffres en italique renvoient aux légendes.

Index des plantes en latin

Les chiffres en italique renvoient aux légendes.

Index des matériaux et des aménagements

Remerciements

Les auteurs Pierre Nessmann, Brigitte et Philippe Perdereau remercient chaleureusement les propriétaires, les jardiniers et les paysagistes qui leur ont ouvert les portes de leur jardin et de leur création.

Couverture : Jardin Plantbessin
4e de couverture : 1. Jardin de Cadiot ; 2. Création Piet Blanckaert ; 3. Création Timothy Vaughan.

Création Piet Blanckaert : 14-15
Création Erik Borja : 31
Création Chevalier-Frinault : 33, 63 en haut à gauche
Création Uriel Dein : 57 au centre, 57 en bas
Création Pascal Garbe : 22, 43, 106
Création Mia Gevaert : 21
Création Christian Gruszka : 55 à gauche
Création Pierre Nessmann : 44
Création Philippe Niez : 67 en haut, au centre et à droite
Création Walda Pairon : 8, 71
Création Nathalie Payens : 49 à gauche, 70, 88
Création Roger Pissard : 91 en bas
Création Alexandre Thomas : 58-59
Création Erwan Tymen : 47 à droite, 65 à droite
Création Timothy Vaughan : 5, 6-7, 16 à gauche, 18, 19 à droite, 63 au centre gauche et au centre droit, en bas à droite, 64, 65, 66 au centre et à droite, 68, 82, 85
Création Didier Willery : 34, 39 à droite
Création Jacques Wirtz : 37 au centre à gauche, 49 à gauche
Jardin Agapanthe : 47 à gauche, 48, 83 au centre, 98 à droite
Jardin d'Argences : 38
Jardin Beukenhof : 79 à droite
Jardin de Cadiot : 46
Jardin Chenies Manor : 49 à droite
Jardin « Clos du Coudray » : 87 en haut et à gauche
Jardin de Cotelle : 50 à droite
Jardin Dekker-Foker : 39 au centre
Jardin Le Bois de Clan : 16 à gauche
Jardin de la Bonne Maison : 61, 78 au centre, 66
Jardin de Caen : 87 en bas à gauche et à droite
Jardin Glen Chantry : 35 en haut
Jardin « Fleurs de Poterie » : 54, 57 en haut, 93
Jardin Fitz House : 35 en bas, 39 à gauche
Jardin Furniss : 51 au centre, 75 au centre, 75 à droite
Jardin The Garden House : 37 en haut à droite, 95
Jardin Garsington : 77
Jardin Sonja Gauron : 20, 102 à gauche
Jardin Mia Gevaert : 76, 98 à gauche
Jardin Bryan's Ground : 12, 22
Jardin Chris Ghyselen : 73, 104 en bas
Jardin Hadspen House : 54 à droite
Jardin Hobijn-roth : 78 à gauche
Jardin Guy Lqiné : 103 on bas à gauche et à droite
Jardins de Maizicourt : 37 en bas à gauche
Jardin Merrriment : 17
Jardin Claude Monet : 49 au centre
Jardin Mottisfont : 99
Jardin Mirabel Osler : 69 à droite
Jardin Poley : 19 à droite, 37 au centre gauche
Jardin The Old Rectory : 11, 37 en haut à gauche
Jardin des Paradis : 105
Jardin Plantbessin : 19, 97
Jardin Scypen : 89
Jardin de S'Gravenwesel : 41 à gauche, 42 à droite
Jardin Sticky Ticket : 45
Jardin Van Buren : 17, 63 en bas à gauche
Jardin des Valérianes : 75 et 103 en haut à gauche
Jardin du Vendangeoir : 66 à gauche
Jardin Wespelaar : 86 à gauche
Parc Floral de Haute-Bretagne : 96

Plans et croquis : Pierre Nessmann

Conception graphique : Éléonore Gerbier

Photogravure et mise en page : Nord Compo

Achevé d'imprimer en mars 2006
sur les presses de l'imprimerie Pollina à Luçon (France) - L99529
Dépôt légal : avril 2006